Au-delà du mystère

Karine Marie

Au-delà du mystère

Roman

LE LYS BLEU
ÉDITIONS

ISBN : 979-10-422-2645-9

Tous les personnages de ce roman sont fictifs, l'histoire également ; par contre les extraits historiques sont basés sur des faits réels.

L'aube surprenante

Été 1944, les alliés sont là, au secours d'une France envahie depuis plusieurs années par les Allemands, une France sous les bombes, vivant la peur, comptant les morts, une France appauvrie…

Ces pensées surgirent quand Sarah arriva dans une pièce très sombre au fin fond du tunnel qui l'avait menée jusqu'ici. Pièce sans ouverture, sans vie, ou plutôt des restes de vie, car le sol était recouvert d'ossements, des restes humains à ne pas en douter… Un haut-le-cœur la surprit ; elle s'immobilisa encore quelques instants. Continuer dans ces labyrinthes et retrouver des traces de l'histoire ou faire demi-tour et laisser là cette image funeste ? Elle n'était pas d'habitude une froussarde, mais là, elle avait subitement froid. L'endroit lugubre avait réveillé en elle des souvenirs d'antan rapportés par sa mère et sa grand-mère. Elles avaient connu avec courage les atrocités de la guerre ici même dans leur petit village au bord de la mer.

Sa lampe montrait des signes de fatigue. Et si elle se retrouvait coincée avec ces âmes retenues, emprisonnées ici ! Elle frissonna.

Elle allait repartir quand, soudain, elle repéra sur le sol un objet, cela semblait être une petite boîte en fer, elle fut intriguée. Mais devait-elle toucher aux lieux sanctuarisés, pouvait-elle saisir l'objet qui avait dû appartenir à l'un des défunts, elle n'en était pas sûre. À quoi bon remuer les souvenirs d'un drame ancien ? En avait-elle le droit ? Mais quelque chose l'attirait irrémédiablement vers sa petite découverte, l'envie de savoir, de comprendre peut-être ce qui avait pu arriver à ces personnes, l'envie irrépressible de tenir un début de réponse, d'élucider l'histoire passée. Elle se baissa, et ramassa l'objet. Elle crut reconnaître une boîte à tabac comme il se faisait autrefois, son grand-père en avait une. Elle scruta le sol afin d'y découvrir d'autres indices, rien qu'un vieux candélabre se trouvait dans le coin le plus reculé de ce lieu sinistre ! Elle pensa qu'elle devrait alerter le maire de sa commune, des associations spécialisées, ou la police, elle ne savait pas trop qui ! Ses idées s'entrechoquaient.

Sa lampe se mit à clignoter dangereusement, lui signifiant qu'il n'y avait plus de temps à perdre, la peur et la boîte en poche, elle rebroussa chemin, retraversa le long couloir, passa la vieille porte de bois, le tunnel obscur sans ombre, sans vie ; elle courait presque…

La lumière s'éteignit… lui restait une centaine de mètres à faire. Elle faillit trébucher dans le noir devenu complet avec la pensée douloureuse d'avoir peut-être heurté un autre mort. Elle grelottait maintenant en ce mois de février glacial, mais bientôt, elle atteignit la sortie de ce terrible endroit, avec la liberté retrouvée enfin !

Hors de ce lieu terrible, où la vie s'était arrêtée pour des êtres, elle ne savait à quel point sa vie allait changer pour toujours !

Elle marcha encore un bon kilomètre, avant d'apercevoir le mur et le portail de leur maison. Sa maman vivait là depuis toujours, c'était un bien de famille hérité, et Sarah y passait beaucoup de temps elle-même. Elle y avait conservé sa chambre d'enfant et en avait gardé certains souvenirs comme un coffre à jouets, une belle armoire blanche et une commode de bois clair. Sans père, elle grandit ici auprès de sa grand-mère disparue aujourd'hui. Cette maison était un véritable havre de paix, même si sa mère, Marie, y avait connu des temps difficiles comme le bruit des bombes, la peur omniprésente et la faim dans son enfance. Femme forte aujourd'hui, elle lui avait apporté toute l'attention nécessaire pour bien grandir et être heureuse.

Mais l'esprit de Sarah n'était cependant pas encore tranquille, elle était persuadée qu'un drame s'était joué au fond de cette alcôve sans que personne n'en ait eu connaissance, elle avait envie en quelque sorte de réécrire la fin de l'histoire, de savoir, envie de rendre hommage à ces personnes disparues dans ces ruines souterraines et honorer leur mémoire.

Qui connaissait encore l'existence de ce passage découvert au cours de cette balade printanière à l'aube, à part elle-même ? Cela semblait si improbable ; une découverte plus proche du cauchemar que de la réalité !

Les souvenirs rapportés par sa mère de cette époque rejaillissaient encore nombreux dans sa tête. Marie avait tout juste 19 ans en 1944. Suite aux nombreux bombardements dans la région, les écoles et les lycées supérieurs fermaient leurs portes pendant les périodes hautement à risque. Pendant ces périodes, les effectifs de classe étaient réduits à 12 élèves et les temps de classe diminués.

Elle avait donc beaucoup de temps libre et n'acceptait pas toujours les injonctions de sa mère qui lui demandait de rester à la maison le plus souvent possible. Quand sa mère allait travailler, elle s'échappait par moment du domicile pour marcher aux alentours de la maison. L'enfermement n'était point pour elle, Marie avait besoin de liberté malgré tout.

Elle raconta à Sarah que c'est lors d'une de ses sorties cachées qu'elle rencontra Stevenson, son père.

Sarah se souvint particulièrement d'une fois où mille questions se pressaient dans sa tête de petite fille et qu'elle avait interrogé sa mère.

— Maman comment il était mon papa ?

— Stevenson, ton père était un grand jeune homme très charmant, aux cheveux bruns et yeux clairs, parlant très peu le français. Il portait l'uniforme. Un matin, en me promenant au-delà du pont de la maison, je le vis. Il se trouvait dans une voiture au ralenti avec d'autres soldats, vérifiant l'état du pont, je crois, il me sourit et descendit du véhicule ; nous avons discuté un peu et il m'a donné rendez-vous pour le lendemain suivant au même endroit, c'était fou, mais mon cœur s'est mis à battre et le lendemain, j'y suis retournée.

— Est-ce qu'après son départ, tu l'as revu maman ?
— Non ma petite Sarah, jamais je n'ai revu son sourire… jamais réentendu le son de sa voix, hélas…

Ils s'étaient aimés quelque temps, très peu puisque Stevenson et sa troupe furent déployés rapidement sur un autre front. Cet amour caché fut merveilleux et jusqu'à aujourd'hui, il restait intact dans la mémoire de Marie. Combien de demoiselles comme elle avaient perdu leur amour de jeunesse dans cette guerre abominable, combien de familles avaient perdu un père, un oncle, un frère au combat ? La guerre n'était pas le temps de l'amour certainement pas, la souffrance était le lot de nombreuses familles, voilà ce que Marie lui avait expliqué ; elle n'avait jamais oublié les mots, la tristesse de sa mère lors de ces récits.

Sarah était donc née de cette surprenante rencontre, et elle avait grandi fière d'être la fille d'un héros, mais où était-il aujourd'hui ? Il devait avoir un peu plus de soixante-dix ans. Elle espérait de tout son cœur qu'il fut encore vivant quelque part en Angleterre. Elle avait eu beau chercher sa trace, à ce jour, tous ses efforts étaient restés vains.

Elle arriva fatiguée et poussa le portail.

La lettre

La boîte en métal était bien blottie dans sa poche. Elle soupira. Elle embrassa sa mère qui déjeunait en lisant le journal local. Sa mère était encore une très belle femme élégante, cultivée et curieuse de tout. Les années n'avaient point tari ses connaissances et son appétence à lire. Elle se faisait livrer le journal et ça faisait souvent rire Sarah, mais là, elle n'avait pas l'humeur à sourire. Elle se faufila jusqu'à sa chambre. Elle eut besoin de filer sous la douche, de revêtir un vêtement souple et un pull doux, avant d'ouvrir l'énigmatique boîte à tabac…

Elle décida de laisser ses volets fermés, s'installa à son bureau massif qui appartenait à ses grands-parents. Elle y posa soigneusement sa trouvaille ; elle était recouverte d'une très vieille couche de poussière qui la rendait illisible. Ôtant la saleté, elle put découvrir la marque Tabbaco, qu'elle ne connaissait guère. Boîte étrangère, elle ne savait pas. Son ventre se serra de nouveau quand elle ouvrit le couvercle. Des photos anciennes en noir et blanc y étaient protégées, mais aussi une lettre. Sarah fut très émue à la vue de ces objets. Une lettre de qui, à qui, une lettre d'amour ou de désespoir, de séparation ? Toutes ces questions lui venaient pêle-mêle. Elle allait très vite savoir…

La première photographie représentait une famille de cinq personnes, deux adultes et trois enfants, en tenue distinguée, de style anglais. Aucune inscription n'apparaissait au dos de celle-ci. La seconde photographie laissait apparaître deux personnes jeunes, souriantes, peut-être amoureuses, elles semblaient heureuses et complices. Le jeune homme était militaire. Il portait l'arme sur l'épaule et un béret. Cette photo lui fit penser aux clichés d'Ernest Hemingway, reporter de guerre. Sa mère en détenait un, qu'elle avait encadré dans le séjour. Sa mère ne voulait pas oublier.

Elle reposa délicatement les deux vieilles photos jaunies et alla se préparer un café au lait, elle essaya de rester discrète pour ne pas attiser la curiosité de sa mère qui lisait toujours la presse dans la pièce d'à côté.

Assise de nouveau, elle déplia la lettre[1] soigneusement, très lentement, elle avait peur de la déchirer. Malgré le poids des années, et la fragilité du papier, elle réussit à déchiffrer :

---

1 *Lettre fictive bien entendue, mais il existe sur le net de nombreuses lettres authentiques et émouvantes de soldats au front.*

Mon ami, mon camarade, je t'écris cette lettre dans un grand moment de désespoir et de peur. Quand nous nous apprêtions à sortir chercher de la nourriture dans la ferme à côté du camp, nous sommes tombés dans une embuscade, ils ont tué quatre camarades, dont Freddy, notre ami…

Je suis en ce moment avec Lancaster, Paul et Henry dans un de leurs camions blindés et je ne sais pas où ils nous mènent à part à la mort…

Alors je t'écris ces derniers mots, s'il existe une moindre chance que tu retrouves notre trace. Tu as été un frère de combat, mais avant cela mon plus bel ami et il me reste à te demander de prévenir Helen, mais aussi ma famille, le Colonel Edward et ma chère mère Betty. Le chagrin sera lourd pour eux, mon ami, tu devras veiller sur eux comme je l'aurais fait, et prends soin de ma jeune épouse aussi. Je compte sur toi Stevenson, mon Ami pour l'éternité. Prie pour moi.

Mattew.

Le cœur de Sarah se mit à bondir si fort dans sa poitrine, qu'elle en poussa un cri et renversa son café.

— Non, mais est-ce bien possible, Stevenson ? Ce prénom venait de heurter sa conscience violemment ; sa mère en bas, sursauta et grommela :

— Allons donc, ma fille, que t'arrive-t-il ? Tu as passé l'âge de pousser des cris ! Et en plus tu parles toute seule !

Elle soupira, se leva avec regret pour grimper l'escalier et rejoindre Sarah dans sa chambre. Elle la trouva blême, tremblante.

— Oh, ma fille, ça ne va pas ?
Sans mots, Sarah lui présenta la lettre. Marie la parcourut rapidement et à mesure qu'elle lisait, elle devint blême à son tour, elle vacilla.

— Assieds-toi là, maman. Sarah se leva rapidement et alla chercher un verre d'eau fraîche pour sa mère.

— Comment est-ce possible, comment ? Stevenson ! Je n'en crois pas mes yeux.

Elle garda le silence comme perdue, choquée par ce qu'elle venait de lire, un espoir indicible venait de ressurgir au plus profond de son âme, elle le voyait cinquante ans plus tôt, l'amour dans ses yeux, sa gentillesse, son sourire ! Elle avait tellement souffert de son départ, et, à cet instant, au milieu d'une phrase d'une lettre surgi de nulle part, il réapparaissait ! Elle eut du mal à reprendre ses esprits. Elle regarda sa fille sans mot dire. Sarah prit la parole.

— Maman, c'est lui, j'en suis sûre, c'est mon père.

— Oui, tu as raison, je crois bien que c'est lui, c'est si fou et si inattendu, un miracle pour nous deux ! Cette lettre, c'est quoi ?

Sans écouter la réponse, Marie était déjà repartie dans son passé, elle avait fortement aimé cet homme d'un amour puissant et la peine avait remplacé le sentiment amoureux. Où était-il, que faisait-il ? Elle n'avait jamais osé penser qu'il l'aimait encore et que seul le destin n'avait pas permis la continuité de leur amour. Marie avait dû être forte à nouveau pour accueillir seule son enfant et reprendre le travail, elle avait le tempérament d'une battante, et sa fille Sarah avait aussi hérité de ce trait de caractère. Sa fille sur bien des points lui ressemblait. Elle ne lâchait rien et cachait souvent ses émotions sous de grands silences.

— Où es-tu Stevenson, prononça-t-elle enfin, à demi-mot.

Sarah saisit à cet instant à quel point sa mère était touchée par la lecture de la lettre et à quel point son souvenir ravivait l'amour qu'elle lui portait.

Elle se devait de l'aider, elle comprit l'enjeu de l'instant et de l'énigme qu'elle allait devoir résoudre. L'histoire devait se réécrire en répondant aux attentes de sa mère ; elle avait la lourde responsabilité de changer le destin, elle en était certaine à présent.

Cette lettre désespérée d'un soldat était un réel appel à l'aide et si son père n'avait pu répondre à la supplication ultime de Mattew, elle le ferait, elle. Ses motivations pour comprendre le drame, retrouver le père de Mattew et le sien devenaient de plus en plus pressantes.

De plus cette demande de Mattew faisait quelque part écho à ses propres manques. Stevenson restant absent pour elle, pour Mattew. Même si elle ne s'était jamais plainte, connaissant l'histoire de son absence, elle avait manqué de ce père idéal qui construit l'imaginaire d'un enfant ; de celui qui emmène son enfant à l'école et qui l'aide dans les devoirs quand un exercice reste trop difficile. Elle avait eu besoin du père qui apprend à grandir.

Elle avait espéré de nombreuses fois le voir ouvrir le portail et la serrer dans ses bras. Mais le temps s'était écoulé et rien ne s'était produit comme elle l'avait imaginé.

Ses espoirs ressurgissaient donc avec force. Mais elle comprenait que le temps lui était compté avant que le passé de Stevenson et de Matt ne finisse dans les oubliettes du temps.

Il ne le fallait pourtant pas. La vérité devait voir le jour, Sarah devait la faire surgir pour toutes les personnes meurtries, il y a cinquante ans.

Elle expliqua donc à sa mère l'origine de la lettre et la découverte des ossements à côté. Sa mère, toujours silencieuse, se mit à pleurer en silence. Quelques larmes coulèrent sur ses joues.

— Il fait froid…

— Maman, je vais retrouver papa, pour toi, pour Mattew et les siens, pour nous tous. Je te promets qu'il reviendra vers toi, je ne sais quand, mais je vais le ramener ici, sur le lieu de votre rencontre, et te libérer de tes peines.

— Ma fille…

— Ma chère Maman ! Si tu savais comme il me tarde !

Elle la prit dans ses bras, la serra pendant une longue minute comme pour la réchauffer. Mille émotions débordaient ; elles étaient émues et plus unies que jamais en cet instant si particulier.

Le ciel s'éclaircit

Sarah se jeta à corps perdu dans les recherches. Elle se procura des livres d'histoire concernant l'intervention des troupes anglaises pendant la guerre, elle essaya de comprendre tout d'abord le contexte de guerre entre le Royaume-Uni et l'Allemagne ; elle y découvrit de nombreuses informations, dont la déclaration de guerre du Royaume-Uni et de la France suite à l'invasion de la Pologne par l'Allemagne. Elle apprit que Winston Churchill devint Premier ministre et chef d'un gouvernement de coalition en 1940. Elle lut enfin que la Grande-Bretagne continua seule le combat contre l'Allemagne et que la Royale Air Force empêcha l'invasion prévue du Royaume-Uni par l'Allemagne.

Plongée dans ses recherches historiques et anciennes photographies récoltées sur le net, elle eut rapidement accès au contexte militaire. Puis, grâce au cliché de Mattew retrouvé dans la boîte à tabac au fond du tunnel, elle put en déduire que Stevenson, son père, appartenait à la troisième division maritime d'infanterie qui débarqua à Sword Beach en juin 1944. Cette section vint en renfort des unités canadiennes, américaines et de l'armée française.

Des milliers de jeunes militaires comme Mattew avaient connu le même sort. Dans l'enfer de cette guerre, toutes les ignominies furent permises, et la connaissance des faits ne faisait que renforcer son sentiment d'horreur dans cette tourmente. Vingt-deux mille soldats étaient intervenus ce 6 juin 1944 ; vingt-deux mille héros, pensa-t-elle.

Elle se demandait maintenant comment son père avait pu échapper à l'attaque subie par Mattew et ses camarades. Elle restait profondément convaincue qu'il avait survécu à cette horrible guerre et que ses recherches allaient lui apporter enfin une réponse.

Plus de deux mois s'étaient écoulés depuis la découverte de Sarah dans le tunnel. Elle avait prévenu les autorités compétentes. Elle avait également obtenu un entretien avec une personne responsable d'une association spécialisée en recherches de faits historiques de la Deuxième Guerre mondiale. Cette association se nommait *The Sauvegard Memory* et son président était Antoine Karter, fils comme elle, d'un soldat étranger et d'une mère française. Il était d'accord pour la rencontrer, il était sensible à son récit des faits. Son propre père, lui avait-il dit, faisait partie des sept cents soldats tués pendant l'opération Overlord. Il s'était alors senti concerné. Il avait suivi un cursus d'histoire à la faculté de sa ville natale, il travaillait au Mémorial, c'était un réel passionné.

Après un nouveau mail échangé, ils fixèrent un rendez-vous dans un café dans le centre-ville de Caen. Elle était impatiente de rencontrer ce grand spécialiste, elle attendait de lui qu'il l'oriente dans ses analyses, pour qu'elle puisse retrouver la trace de son père.

Ils avaient donc un passé similaire, des parents touchés de plein fouet par le conflit. Il lui tenait à cœur d'honorer le plus vite possible la promesse faite à sa mère.

Elle était contente, car peu à peu, son travail porterait ses fruits. Il allait l'aider.

Une rencontre

Un samedi pas comme les autres était en train de s'écrire pour Sarah, sans qu'elle ne le sût encore. Entre son travail et ses recherches, elle n'avait plus beaucoup de temps pour sortir rencontrer ses amies de faculté, elle sentait bien que celles-ci lui en voulaient un peu, mais ses centres d'intérêt s'étaient recentrés ces derniers mois autour de sa famille.

En ce samedi de mai, elle est donc impatiente de rencontrer Antoine Karter. Elle part de Langrune comme une fusée, elle sait qu'elle a une fâcheuse manie de rouler un peu trop vite. Elle est trop speed, elle se dit que ça lui jouera des tours, mais aussi vite cette pensée lui traverse l'esprit, aussi vite elle la renvoie dans les limbes de son esprit.

Et puis, ses recherches sont restées infructueuses, elle n'a pas encore pu obtenir d'informations précises sur le père de Mattew, le Colonel Edward. Elle a cependant repéré plusieurs colonels portant ce même nom en Angleterre, mais n'a pas encore osé les appeler. La peur, la méconnaissance des faits historiques laissant trop de place au doute. Mais aussi la peur de l'échec.

Elle a besoin de soutien, elle le sait !

Elle surgit rapidement à la place de la vieille église et se gare non loin du café. Toujours le même bazar pour se garer, pensa-t-elle ! Elle s'extirpa de son véhicule et courut après le parcmètre.

C'est dans ce même café qu'elle rejoignait encore ses copines de faculté. À l'époque, elles s'y retrouvaient presque chaque vendredi soir dans une bonne ambiance, arrosée de quelques bières et de petits concerts.

Leurs années de médecine avaient été difficiles, des heures à bûcher le jour, la nuit, avec des piles de polycopiés qui s'empilaient encore et encore. Des stages où chaque jeune médecin essayait d'entrer, et des partiels toujours plus difficiles ! Elles avaient formé elle et ses copines, un noyau dur. Ensemble, elles avaient passé les années en doctorat. Alors cet endroit était resté important pour Sarah, un peu comme une deuxième maison. Elle aimait donc y revenir.

Maintenant qu'elle exerçait la médecine, elle y passait de moins en moins cependant, le travail prenant l'essentiel de son temps. Assidue à la faculté, elle l'était tout autant dans son travail. Le doctorat en poche, elle avait filé droit au Canada, au Québec pour travailler comme médecin.

Elle y rencontra un jeune professeur québécois dont elle tomba amoureuse. Ils travaillaient dans la même structure médicale et avaient la même passion pour la médecine générale. Elle s'installa avec lui dans un petit appartement, mais le temps passant, Sarah s'ennuya loin de chez elle. Elle le sollicita plusieurs fois pour une installation professionnelle en France, il refusa. Tristement leur histoire prit fin. Sarah décidant de revenir près de sa mère et lui ambitionnant un poste important dans un hôpital québécois, il ne restait plus que la séparation.

Antoine Karter est assis à gauche de la porte d'entrée près de la vitre, il parcourt un journal, le café est presque désert en ce début d'après-midi.

— Monsieur Karter ?

— Oui, enchanté Mme Deverre, asseyez-vous, je vous en prie.

— C'est gentil d'avoir pris le temps de m'accueillir, vraiment, je vous en remercie.

Sarah se sent soudainement très troublée, elle vient de perdre son assurance naturelle face à lui. Déjà qu'elle a un quart d'heure de retard ! Elle n'est pas souvent ponctuelle, c'est certain. Elle s'en moque un peu d'habitude, même si elle n'ignore point qu'elle devrait faire un effort de côté-là. Elle en rit parfois, lance le plus beau des sourires à celle ou celui qui l'attend patiemment en guise d'excuses.

Sarah, donc d'habitude à l'aise, est décontenancée. Elle tente bien de se ressaisir en poussant sa chaise pour s'asseoir, essayant de ne rien laisser transparaître de sa gêne. Elle lui jette un deuxième regard très discrètement, il est très bel homme, avec une allure soignée, une aisance indéniable. Il doit avoir près de cinquante ans. Bizarre, se dit-elle, « d'habitude, je ne regarde jamais les hommes, ressaisis-toi ! »

Elle prit maladroitement la parole :

— M. Karter, j'ai tant de choses à vous raconter, tant de questions à vous poser, vous allez me trouver volubile ! Et j'ai tendance parfois à être très bavarde.

— Bien alors, Sarah Deverre, ne perdons pas de temps, je vous écoute. Rassurez-vous, j'ai un peu de temps devant moi.

— Alors je me lance !

Son ton lui plut, elle se lança plus confiante. Ils prirent un digestif, puis un deuxième, se racontèrent effectivement tant de choses, que les heures défilèrent à toute vitesse. Les échanges se concentrèrent sur la découverte de Sarah. Ils furent vite projetés dans le passé, cinquante ans plus tôt. Elle l'informa du lieu exact de sa découverte et lui montra la copie de la lettre, l'original ayant été réclamé et conservé par la police scientifique. Antoine semblait absorbé par son récit et lui posa de nombreuses questions.

— Je n'ai pas encore osé contacter les colonels répondant au nom de Edward en Angleterre. Elle lui montra les fiches qu'elle avait réalisées sur ces personnes. Elle avait recensé cinq personnes, mais certains éléments lui manquaient encore.

— Il me semblerait plus opportun d'organiser un voyage en Angleterre, pendant lequel je pourrais tenter de les rencontrer et trouver sur place les informations qui me manquent. Je ne sais pas vraiment comment faire autrement. Quelques semaines devraient suffire. Enfin je ne sais pas trop…

Il me serait osé de vous demander d'accepter ma présence à vos côtés, mais je vous le formule quand même, Sarah, accepteriez-vous que je vous accompagne, peut-être que nos connaissances réunies nous permettront d'atteindre vos objectifs et de retrouver le père de Mattew ?

— Oui, bien sûr !

— Je suis allé dans ce pays à plusieurs reprises, je pourrais vous aider, je crois.

Sarah n'en croyait pas ses oreilles, cependant elle garda son calme.

— C'est une excellente idée Antoine ! J'accepte volontiers, je pensais programmer mon voyage pour la deuxième quinzaine de juillet, en espérant que cela puisse vous convenir.

— Très bien Sarah, je vais prendre quelques jours de congés, j'ai bien quelques semaines en retard à prendre, cela est très bien, nous prendrons ce vol ensemble et si vous le souhaitez, je me charge des billets ; une partie pourra être financée par l'association au titre des recherches historiques, qui est le cœur de notre travail. J'en profiterai pour avancer mes travaux sur un projet en cours.

— C'est parfait, je vous remercie, je suis impatiente. Le temps de quelques semaines, de bien nous organiser et nous décollons !

Antoine sourit face à son entrain.

Une passion commune

Rentrée dans sa maison proche de la mer, Sarah regardait l'océan de son jardin, tout en arrosant les fleurs. Elle aimait tout particulièrement les rosiers et, avec sa mère, elles en avaient planté tout autour de la maison. Elle allait souvent à la recherche de roses anciennes. Elle affectionnait « la reine des violettes », un rosier dont les boutons roses violacés s'ouvraient en mille pétales. Elle l'avait ramené de la roseraie de L'Haÿ-les-Roses, en Île-de-France. Ce rosier diffusait un parfum prononcé qui embaumait entre juin et juillet. Il avait une histoire sentimentale et quand elle l'entretenait, elle ne pouvait empêcher les souvenirs qui en émanaient de ressurgir.

Elle avait planté également de nombreux asters blancs cotonneux, qui contrastaient bien avec les roses ; l'ensemble était harmonieux, vif et doux à la fois. Le vent faisait danser la végétation à cette heure de l'après-midi. Elle se dit qu'il était temps de planter de nouvelles fleurs, elle en sélectionnait des nouvelles pour chaque saison. Aussi, toute l'année, le jardin était fleuri. L'hiver, la pelouse se recouvrait de jolis perce-neige, ensuite surgissaient les primevères, les crocus et les iris. Le reste de l'année se succédaient les giroflées, roses, lilas, azalées, ainsi que les arbres fleuris.

Leur plus proche voisine, dame âgée et toujours très élégante en robe taillée sur mesure, était devenue une amie fidèle de sa mère. Elle était veuve. Elle venait régulièrement le matin prendre le thé avec Marie. Elle apportait souvent les croissants et toutes les trois se régalaient dans ces moments précieux, bien à elles.

Elles parlaient presque toujours de fleurs, et parfois du passé. Amandine n'avait pu avoir d'enfant et portait à Sarah, une affection profonde. De nombreuses heures passées dans les jardins avaient permis aux trois femmes d'acquérir de sérieuses connaissances en jardinage et en botanique. Elles avaient participé à des concours de jardins fleuris.

Sarah, plus jeune, avait pu passer des heures avec Amandine, lorsque sa mère travaillait encore et ne pouvait la garder. Elle aimait son tempérament affable et bienveillant. Elles avaient souvent effectué de grandes balades au bord de la mer, et quand il faisait beau, elles allaient ramasser des coques et autres coquillages. Cela demeurait de très bons moments pour elles deux, Amandine fut comme une deuxième maman pour elle. Elle lui en était très reconnaissante.

Dorénavant, la médecine prenait beaucoup de place dans la vie de Sarah, elle avait accepté des journées de remplacement en plus de son poste à l'hôpital. Alors dès qu'elle le pouvait, elle venait se ressourcer ici, entre le jardin et la véranda fleurie, elle aussi. Elle appelait les lieux, son paradis végétal.

Son portable bipa, un remplacement de dernière minute, fit stopper son jardinage ; elle fila se laver les mains, alla récupérer sa sacoche, d'où le stéthoscope dépassait légèrement et fila vers l'hôpital, laissant avec quelques regrets son jardin enchanté.

Quand la vie prend un virage

Sarah et Antoine devaient se rejoindre à l'aéroport quatre semaines plus tard. En raison de leur planning respectif, ils n'avaient pu se revoir avant et avaient géré l'organisation du voyage par mail et par téléphone. Antoine s'était effectivement chargé des réservations, et avait planifié des rendez-vous en Angleterre pour son travail de recherche. Sarah avait pu trouver de son côté de nouvelles informations et avait conclu qu'il ne restait plus que deux hommes vivants correspondant au profil qu'elle recherchait. Un dernier colonel du même nom était décédé deux ans plus tôt. Elle espérait au fond d'elle-même qu'il n'était pas l'homme qu'elle recherchait, elle avait tellement à cœur d'en savoir plus sur Mattew et de retrouver son père Stevenson.

Avec Antoine, elle avait décidé de rechercher en premier lieu les anciens soldats vivants. Un avait été chef d'état-major de la défense les dernières années de sa carrière, il résidait dans la région du North West England, à Manchester, l'autre appartenant aussi à la troisième division maritime d'infanterie, le Général Robert Edward. Il vivait dans la ville de Taunton.

Il semblait à Sarah qu'elle devait se présenter à ces deux hommes, elle n'était pas porteuse de bonnes nouvelles, donc le téléphone et les courriels lui apparaissaient comme des outils inadéquats. Ces deux hommes, engagés dans une guerre féroce, méritaient tous les honneurs, ils avaient risqué leurs vies pour servir leur pays et secourir la France.

Elle avait un air grave quand elle pensait à ces rencontres à venir, elle savait qu'elle allait faire de la peine à l'un d'entre eux en réveillant de douloureux souvenirs. Cependant, elle allait aussi probablement apporter la réponse manquante à la disparition de Mattew. Cela s'apparentait dans son esprit à une mission très solennelle. Enfin, elle devait honorer la promesse qu'elle avait faite à sa propre mère de retrouver son père. Elle l'avait si souvent vue perdue dans ses pensées sans oser la déranger, tout en sachant l'objet de ses tracas.

Antoine arriva le premier à l'aéroport. Quand elle arriva, il vint à sa rencontre, souriant et courtois, il prit sa valise et se dirigèrent vers les contrôles pour embarquer une demi-heure plus tard. Sarah qui n'était pas très douée pour faire des valises avait décidé de prendre quelques pulls, quelques jeans et ses affaires de toilette, elle ne s'encombra pas de superflu. Elle faillit même oublier son parfum, elle se savait distraite, mais à ce point !

Face à Antoine, dans la lumière dorée du matin, elle ressentait un profond trouble. Au-delà de sa beauté, qu'elle ne pouvait nier, elle se sentait chahutée dans ses émotions. Un sentiment nouveau, indescriptible qui n'existait pas dans sa vie antérieure, ce sentiment prenait de plus en plus de place dans son être. Elle essayait bien de se ressaisir, mais elle sentait bien que ses joues étaient toutes rouges à nouveau. Elle pensait, gênée, que ce détail n'allait pas échapper à Antoine.

Le vol s'effectua dans de bonnes conditions météorologiques, sans turbulences ; en moins de deux heures, ils atterrirent à Manchester.

— Antoine, je ne connais pas l'Angleterre, à part un voyage scolaire de quinze jours au collège, je n'y ai jamais posé les pieds. C'était à Londres, je me souviens qu'on avait eu froid. Heureusement que j'ai pris quelques pulls, le temps semble plus couvert ici.

— Vous verrez Sarah, au-delà du climat qui n'est pas toujours clément, la ville est agréable et plutôt accueillante, Manchester est connue pour son équipe de foot, mais reste une ville à découvrir. Si le temps nous le permet, je me réserve le droit de vous faire découvrir un magnifique lieu historique. La sortie est de ce côté, allons-y !

Sarah avançait, mais elle était légèrement distraite, elle pensait à sa mère et ne pouvait s'empêcher de se faire du mauvais sang pour elle. Elle n'aimait pas réellement s'éloigner pour plusieurs jours et sa mère lui semblait plus fatiguée ces derniers temps.

Antoine aperçut le regard inquiet de Sarah, mais ne posa pas de questions.

Ils prirent un taxi pour se rendre à leur hôtel réservé au centre de la ville. Sarah regardait les lieux défiler à travers la vitre. Elle apercevait de nombreuses maisons et immeubles rouges, qui lui rappelaient les maisons de Manhattan. Une végétation dense se dressait dans de petits jardins. Ils furent bientôt arrivés à bon port.

Bien qu'elle se sente excitée par l'aventure qui venait de commencer ici, elle aurait volontiers pris un thé, un livre et rejoint le lit de sa chambre pour se détendre, mais il fallait auparavant accompagner Antoine pour le dîner. Celui-ci avait tout prévu, une fois de plus. Ils mangèrent dans une excellente auberge gastronomique non loin de l'hôtel. Ils découvrirent un plat typique, *le Sunday roast,* plat à base de bœuf, de pommes de terre rôties et accompagné de Yorkshire puddings, de jus de viande, de petits pois et de carottes. Malgré leur appréhension commune, ils mangèrent avec plaisir.

Ils commençaient à mieux se connaître, les échanges devenaient moins formels, plus spontanés. N'importe qui, observant la scène, comprendrait qu'il se passait quelque chose entre ces deux-là. L'alchimie était bel et bien au rendez-vous, l'humour et l'attirance aussi, mais rien encore ne se disait. L'un et l'autre encore discrets et dans une connaissance altruiste, se respectaient et s'écoutaient. Le ton était courtois.

Dans la conversation de faits historiques lancée par Antoine, seuls leurs yeux brillants parlaient déjà d'amour…

Samedi 18 juillet 1995

Sarah se réveille à l'aube, elle décide de se lever, de prendre une douche et d'aller déjeuner, elle a envie d'explorer le quartier, d'aller se dégourdir les jambes, elle passe par la salle de réception et commande un petit-déjeuner.

Après avoir salué l'hôtelier, elle se faufile à l'extérieur, elle se sent bien dans cette petite balade matinale. Les oiseaux chantent encore dans le chœur de l'aube ; mais le printemps est loin et emmène avec lui, les sifflements amoureux. Un ou deux téméraires poursuivent le chant mélodieux. Elle sourit, elle aime écouter et observer les oiseaux, les mésanges, les tourterelles, les rouges-gorges restant ses préférés. Elle se demande si ce sont les mêmes dans ce pays. Il fait trop noir, elle ne peut les voir, elle renonce. Elle file à travers les rues de Manchester. Rapidement, elle rejoint le canal maritime de la ville, les docks. Elle décide de franchir la première écluse, de l'autre côté de la berge, et découvre *l'Imperial War Museum.* Décidément, se dit-elle. Elle s'approche, mais trouve l'endroit fermé, il est trop tôt, mais sous le porche, elle trouve un présentoir chargé de livrets. Elle en prend un, scrute rapidement l'ensemble du monument en pensant qu'il est temps de retourner à l'hôtel.

Antoine doit être réveillé.

Elle rentre d'un pas léger et assuré ; au fond, elle est pressée de retrouver cet homme, la soirée avait été agréable et maintenant elle est au clair avec elle-même. Elle a une forte attirance pour lui, elle en a conscience. Il représente ce qu'elle aime chez un homme, la discrétion, l'intelligence et la courtoisie.

Elle se sent donc bien avec lui, même si elle imagine que ce n'est ni le moment ni l'endroit pour tomber amoureuse. Mais en même temps, décide-t-on vraiment de ce genre de sentiment ? Elle sourit, le cœur léger.

L'homme de ses pensées matinales était en train de déjeuner. Il avait commandé des œufs Bénédicte, plat qu'elle ne connaissait guère, mais qui lui semblait appétissant. Œuf poché, muffin, recouvert d'une tranche de bacon frit, accompagné d'une sauce citronnée. Elle essaierait ce petit-déjeuner dès que possible, elle était trop curieuse et gourmande pour ne pas tenter cette dégustation.

— Hello Antoine !

— Ah bonjour Sarah ! Avez-vous bien dormi et déjeuné ?

— Oui très bien merci, mais je me suis contentée d'un déjeuner à la française, là quand je vois votre assiette, j'ai hâte d'être à demain !

— Je vous comprends, ils sont d'autant plus délicieux ces œufs.

— Nous partons vers 10 heures, c'est bien cela ? Je monte dans ma chambre.

— C'est bien cela Sarah, nous avons encore un peu de temps, à tout à l'heure !

Les doutes

Antoine prit le volant, chargea son téléphone sur la prise de la voiture et programma son GPS. Ils commencèrent leur premier voyage en se rendant chez Monsieur Edward. Ils espéraient arriver avant midi. La pluie s'invita pendant le trajet. Ils voyagèrent au son de la radio. Oasis, en concert à Manchester ce week-end, passait en boucle sur les ondes. Sarah aimait ce groupe, elle chantonnait sur le tube du moment « *Roll with it* », elle était joyeuse en cet instant. Bientôt elle s'interrogea sur la rencontre avec Mr Edward.

Allait-il accepter de les accueillir chez lui, était-il bien le père de Mattew, assassiné en 1944 près de chez elle, et dans l'affirmative, comment recevrait-il les tristes nouvelles qu'elle apporterait ? Et son épouse, la mère de Mattew était-elle encore là pour les accueillir ? Comment les informer tous les deux sans alourdir leur peine, elle était bien inquiète par le chagrin que la nouvelle apporterait à ces personnes.

N'était-il pas encore temps de faire demi-tour et de garder à tout jamais le secret de la disparition de Mattew ? Sarah ne se sentait nullement légitime pour apporter d'aussi tristes nouvelles et pourtant elle était liée de près à cette famille. Stevenson, son père, camarade et ami de combat de Mattew, séparés par un destin funeste, dans une période tragique.

Comment dire l'inaudible ?

Une musique triste à la radio ajouta à sa mélancolie, elle dut se ressaisir et se concentra à nouveau sur les paysages qui défilaient sous ses yeux afin de chasser l'anxiété qui s'installait. Le trajet s'effectua dans cette ambiance pesante pour Sarah. Antoine, à ses côtés, ressentait le trouble de Sarah et respectait son silence. Il comprenait le poids de la tâche reposant sur ses épaules, et dans cet instant, il était ému par toute sa sensibilité. Il allait l'aider et lui apporter le soutien dont elle aurait besoin.

— Et si on laissait cette histoire derrière nous Antoine ? Vous rendez-vous compte du chagrin que la nouvelle va déclencher ? Vraiment est-il nécessaire de les rencontrer ?

Je commence à en douter…

— Sarah, je comprends vos doutes, c'est un grave moment de vérité qui se dessine, mais cela est sans doute nécessaire pour aider une famille à faire le deuil d'une personne chère disparue. Je crois que l'on espère toujours des réponses quant à la disparition d'un être aimé, même tant d'années après.

— Vous devez avoir raison, j'aimerais aussi savoir ce qu'est devenu mon père. J'ai vu ma mère rongée par le doute, sans pouvoir le retrouver, alors cette famille aura peut-être la possibilité d'avancer autrement maintenant.

Antoine posa sa main sur la sienne, Sarah troublée essaya de garder son sang-froid, ce geste d'Antoine fut réellement inattendu pour elle, et la marque d'un réel encouragement. Elle ne broncha pas et sentit une douce chaleur emplir son cœur, elle s'apaisa. Elle apprécia le geste, ainsi que la grande générosité d'Antoine. C'était manifestement un homme apaisant, qui méritait d'être aimé très sincèrement. Serait-elle à la hauteur ? Elle était bien à présent et c'était tout ce qui comptait. Elle retrouva son incomparable sourire.

Le courage n’est pas une illusion

Ils parvinrent devant une gigantesque grille peu après onze heures. Un interphone à l’entrée permettait aux visiteurs de s’annoncer. Sarah s’apprêtait à le faire quand Antoine se proposa gentiment.

— Hello, I'm Antoine..., I would like to see Mister Edward.

Après une petite minute d’échanges, le portail automatique grinça et s’ouvrit très lentement. Une longue allée bordée d’arbres centenaires, des séquoias, se présenta à eux. Elle menait droit vers un immense manoir anglais du XIXe siècle. Des hortensias blancs ornaient le pied des grands arbres. L’endroit était remarquablement arrangé, bien entretenu ; un lieu dans lequel Sarah aurait pu aimer vivre, même si le climat lui semblait encore plus frais que celui de sa région natale. Elle aimait ces grandes maisons anciennes où les murs gardaient silencieusement les secrets de grandes familles.

Ce jardin lui rappelait combien elle aimait les fleurs, il lui donnait envie de vagabonder entre les allées fleuries. Très vite ses pensées s’estompèrent lorsqu’elle aperçut un vieil homme et son chien s’approcher d’eux. Il semblait en pleine forme, malgré son air surpris de cette visite inattendue. Il était souriant.

Sarah regarda Antoine qui prit la parole à nouveau, il avait un anglais presque parfait, ce qui la rassura. Il fit les présentations poliment et laissa Mr Edward les guider vers sa charmante propriété. Installés dans un salon très accueillant, car très clair et joliment décoré, Mr Edward écouta attentivement leur histoire. Puis il fit part des souvenirs qui rejaillissaient par dizaine dans sa mémoire, les pertes de ses camarades, les combats interminables, la faim, la peur.

Mais hélas, il n'avait pas d'enfant du nom de Mattew, pas d'enfant du tout. Il ne s'était marié que bien tardivement. Il n'était donc pas l'homme qu'ils recherchaient. Sarah fut un peu déçue de ne pas être en face du père de Mattew, elle avait espéré que la première rencontre serait la bonne et qu'elle n'aurait pas à affronter plusieurs familles. Cependant elle aurait pu serrer cet homme chaleureux dans ses bras, il était tellement humain à travers le récit de son combat héroïque.

C'était un homme qui avait risqué sa vie pour en sauver d'autres, qui avait participé à la libération de la France de l'invasion allemande. Mr Edward leur raconta également que lors des sauts en avion, certains soldats devaient sauter avec le BSA, *la Birmingham Small Arms*, qui était un vélo pliable, très lourd. Il expliqua comment lui et ses camarades furent chargés de sécuriser l'estuaire de l'Orne, au nord de Caen, en reprenant le pont de Bénouville et de Ranville, deux ponts détournés par les Allemands, empêchant tout passage. Pour cette mission, ils furent lâchés au-dessus de Cabourg, sous le bruit assourdissant des canons de la Flak, *(défense antiaérienne allemande).* L'assaut fut bref, mais victorieux, ils réussirent ce 6 juin 1944, à neutraliser les charges explosives posées sur ces deux ponts. Hélas, le lieutenant et ami de Mr Edward fut touché par un tir de mitraillette et décéda sur le coup.

Mr Edward était visiblement ému, mais il continua le récit de ce fameux jour. La bataille se poursuivit à Ranville, les avions allemands lâchèrent des milliers de bombes sur la région. Les Écossais rejoignirent les Britanniques ce même jour à Sword Beach. Le soir même, les alliés atteignirent leurs objectifs sur la partie est du débarquement.

Maintenant, grâce à cette explication, Sarah sut pourquoi les deux ponts avaient été rebaptisés *Pegasus Bridge* et *Horsa Bridge.* En effet, en l'honneur des parachutistes britanniques dont le cheval ailé Pégase était l'emblème, il a été renommé ainsi le 11 mars 1945.

À la fin de ces fameux récits, Mr Edward les invita à manger. Il les introduit dans une grande salle magnifique, dont les plafonds étaient bien hauts. Elle était agrémentée d'une gigantesque cheminée et d'une longue table de bois d'une longueur de quatre ou cinq mètres. Sarah se demandait s'il recevait souvent, s'il avait un peu de famille pour animer cette jolie pièce.

Le thé fut servi dans une vieille faïence anglaise, un thé au jasmin, accompagné de biscuits au beurre et de truffes au chocolat. Sarah, gourmande, en dégusta deux. Antoine, concentré, ne toucha pas aux sucreries.

Il était temps de prendre congé de Mr Edward, malgré le moment inoubliable qu'il leur avait offert, Antoine et Sarah devaient reprendre la route. Antoine avait pris de nombreuses notes et repères historiques, ce n'était pas tout, il lui offrit deux vieilles photographies, une montrant Mr Edward et un deuxième soldat, l'autre de l'inauguration du pont en 1945. Pour Antoine, c'était plus qu'un trésor.

Comme Mr Edward était doté d'une excellente mémoire, il avait pu offrir un récit très précis de ce jour du 6 juin 1944, jour le plus long pour ces soldats valeureux, méritants ô combien ! Tous les deux se promirent de se revoir.

Sarah, ravie de voir la satisfaction de son acolyte, gardait cependant parfaitement en tête l'objet de sa venue dans ce pays. Il restait alors deux hommes qui pouvaient être le père de Mattew ; un vivant, l'autre décédé…

Sur le chemin du retour vers l'hôtel, Antoine fut bavard, il avait apprécié cette rencontre et il répétait à quel point les connaissances de Mr Edward allaient enrichir son travail. Et pour la deuxième fois, il posa sa main sur celle de Sarah. Ils se sourirent. Arrivés à l'hôtel, ils restèrent à discuter une heure dans le jardin, puis ils décidèrent d'aller marcher ensemble, pour mieux découvrir la ville. Ils désiraient visiter *l'Impérial War Museum*, celui-ci fermant à 18 h, il leur restait une heure. Antoine, féru d'histoire, semblait passionné et décidé à initier

Sarah. Il était à la fois observateur et commentateur. Sarah constata qu'il connaissait bien aussi la Première Guerre mondiale. Son érudition lui plaisait amplement, elle qui était aussi curieuse de tout, appréciait l'écouter sur ces sujets nouveaux pour elle.

— Je vous remercie Antoine de cette incroyable journée, même si nous n'avons pas trouvé le père de Mattew, nous avons eu le privilège de découvrir un grand homme.

— Oui Sarah, quel homme passionnant, quelle mémoire, quelle journée incroyable ils ont vécu en Normandie ce 6 juin 1944 ! Il m'a autorisé à revenir le voir. Il m'aidera à travailler le documentaire. Il a encore quelques connaissances dans le pays qu'il aimerait me présenter. C'est une très belle opportunité pour moi et pour le Mémorial. Mais ce soir, nous ne parlerons pas histoire, n'est-ce pas Sarah ? Parlons plutôt de vous !

— De moi ? Sarah se mit à rougir, une fois n'est pas coutume, la chaleur gagna ses joues. Elle baissa la tête, bien gênée. Cet Antoine avait le don de la troubler plus que de raison.

— Oui de vous, de votre jeunesse, de vos études, de vos passions. Si vous le voulez bien, je serais enchanté de mieux vous connaître Sarah.

— D'accord, je veux bien essayer, mais si vous commenciez déjà par me tutoyer…

Ils discutèrent longuement. Le repas du soir se passa dans une ambiance particulièrement joyeuse et électrique. Ils se souriaient, éclataient de rire pour tout, pour rien. Ils se sentaient bien l'un avec l'autre et leur complicité était palpable. Ils ne cachaient plus leur attirance réciproque, et laissaient leur histoire se dessiner librement. Plus rien d'autre n'existait ce soir dans ce restaurant que leur amour naissant.

On les regardait avec envie, ils étaient si beaux à voir. Leurs yeux brillaient à la lueur du soleil couchant. Tard dans la nuit, ils se séparèrent légers et heureux. Un rendez-vous idyllique au clair de lune venait de s'achever ! À les voir si proches, nul doute que Cupidon avait frappé fort !

Vers neuf heures, ils se rejoignirent pour déjeuner. Sarah commanda des œufs Bénédicte qu'elle dégusta et, Antoine, opta pour un petit-déjeuner à la française. Petits pains au chocolat, croissants et brioches furent servis, accompagnés de thé, de lait et de café.

À travers la véranda située derrière l'hôtel, on pouvait apercevoir la pluie fine qui commençait à tomber, les saules dansaient gracieusement sous la brise légère de cet été anglais.

Antoine avait revêtu un pull marine qu'il portait sur un jean, il était très élégant dans cette tenue décontractée et Sarah ne pouvait s'empêcher discrètement d'admirer sa silhouette, elle était totalement sous le charme de ce bel homme, et elle ne souvint pas d'avoir eu une attirance aussi forte pour un autre homme avant lui. Mystérieux, courtois et discret, il avait tout ce qu'elle aimait. Elle était consciente qu'elle avait tous les symptômes d'une femme amoureuse, elle rougissait pour un rien et ressentait des émotions étranges. Elle était impatiente de le retrouver et parfois, perdait ses mots, son aisance lors de leurs échanges. Sarah se rappela ô combien ses amours précédentes l'avaient rendue triste et amère, mais elle chassa cette pensée, Antoine était définitivement différent, à l'écoute et sensible. Elle ne devait plus penser à son passé sentimental, le destin lui offrait, sans aucun doute, un avenir beaucoup plus prometteur !

La zone d'ombre

Peu avant l'heure du midi, ils prirent la route pour se rendre à l'aéroport, pour eux venait le moment de continuer les recherches et de changer de région. Mais bientôt, à une intersection, une voiture noire sortit rapidement du carrefour, l'homme dans le véhicule, roulait à vive allure et tapa l'arrière de leur véhicule. Antoine qui avait vu arriver l'individu avait eu juste le temps d'accélérer pour éviter le choc latéral. Sarah aurait été gravement secouée et probablement grièvement blessée. Antoine, légèrement choqué, se tourna vers Sarah. Elle ressentait une vive douleur au niveau du cou et de l'épaule droite.

— Mais il a voulu nous tuer !

— Effectivement, nous avons eu chaud !

— Je n'imagine même pas l'état de la carrosserie, comme mon épaule, elle a dû bien trinquer !

Ils sortirent de la voiture pour constater la casse. Antoine soupira devant l'étendue des dégâts, sans constat, qu'allait-il se passer chez le loueur de voitures ? Il ne connaissait pas toutes les clauses du contrat de location et il n'avait pu retenir que les quatre premiers éléments de la plaque d'immatriculation.

Il emmena Sarah à la pharmacie avec leur voiture endommagée. La journée ne commençait pas sous de bons auspices, il faudrait prévenir la police, rendre la voiture accidentée et faire les démarches avec la boîte de location. Des frais étaient sans doute à prévoir, mais aussi un peu de retard. Antoine luttait pour ne pas perdre sa bonne humeur.

— J'appelle l'aéroport pour essayer de décaler le vol Sarah, espérons qu'ils tiendront compte de l'accident et que nous ne perdrons pas les billets. Nous devrons déposer une plainte.

Sarah consulta plus tard un médecin qui lui posa une minerve et lui prescrivit des antalgiques. Sarah était encore sous le coup de l'émotion, elle avait vu cette voiture surgir de nulle part et la peur l'avait submergée. Elle mit bien une heure à retrouver son calme. Ils durent également retourner à l'hôtel une nuit de plus. La journée avait été plus que rude.

Elle fit beaucoup de cauchemars cette nuit-là. Tout se mélangeait, les ossements, la guerre, l'accident. Antoine, blessé… Elle se réveilla en sueur, égarée. Elle se leva et alla s'installer dans le sofa. Elle alluma le poste de télévision pour se sentir moins perdue et se servit un grand verre d'eau. Elle se rendormit et sombra rapidement dans un autre mauvais sommeil.

Au petit matin, elle se réveilla fiévreuse, recroquevillée au même endroit. Son épaule était douloureuse, elle avala deux comprimés et se remit dans son lit où elle trouva refuge encore deux bonnes heures. C'est Antoine qui la réveilla vers huit heures.

— Sarah, je m'inquiétais pour toi. Comment te sens-tu ?

— Ça va, il fait beau non ? Mais véritablement, j'ai fait de nombreux cauchemars, tu y étais blessé au front… Mauvaise nuit quoi !

Il s'approcha et l'embrassa doucement sur la joue. Cette seconde se transforma en éternité. Elle ressentit la chaleur de ses lèvres envahir son visage. Instinctivement, Sarah attrapa le bras d'Antoine pour l'inviter à s'asseoir près d'elle. Elle posa doucement sa tête sur son épaule, tandis qu'il effleurait son avant-bras. Pas de mots ne venaient dans cet instant paisible. Le silence était leur allié. Ils échangèrent un délicat baiser.

Là, quelque part en Angleterre, le temps venait de s'arrêter pour eux deux. L'amour s'affirmait doucement, mais irrémédiablement et le temps suspendait son vol dans cet instant d'intimité naissante.

Après cet agréable partage, Sarah pensa que la vie réservait de bien belles surprises et qu'il ne fallait donc jamais perdre espoir, que le meilleur était à venir pour chacun. Le bonheur arrivant par la petite porte et tel un tsunami, venant tout secouer sur son passage.

L'espoir d'une journée plus douce revenue, elle s'endormit encore quelques minutes contre l'épaule réconfortante de son nouveau compagnon.

Le courage, mais aussi les doutes avaient accompagné la vie de Sarah, elle appela sa maman ce jour-là, elle avait besoin de s'épancher auprès d'elle, mais avant tout de prendre de ses nouvelles. Sa maman savait l'écouter et la rassurer, elle avait toujours pu compter sur sa compréhension et sa douceur. Elle se voulut rassurante concernant leur accident et omit volontairement de parler de sa blessure à l'épaule. Sa mère allait plutôt bien, très occupée avec Amandine, son amie, à préparer le concours de la maison la mieux végétalisée, organisé par la commune.

Sarah raccrocha après avoir pris des nouvelles. En reposant le combiné, l'image de la voiture folle rejaillit devant ses yeux, elle avait comme un pressentiment de nouveaux ennuis à venir, elle décida d'aller se servir un nouveau café au lait, avant d'entamer cette nouvelle journée de voyage.

Où es-tu Stevenson ?

Voyageant sans encombre, ils décollèrent vers leur nouvelle destination : Taunton. Il pleuvait sur Manchester au moment du départ et du décollage de l'avion. Le vol se fit cependant sans difficulté malgré les nombreux nuages en altitude. Antoine restait silencieux aussi de son côté. Il ne comprenait pas encore très bien ce qui lui arrivait et ce nouvel élan qui le poussait irrésistiblement vers Sarah. Il ne regrettait rien de leur rapprochement charnel et de ce voyage et pressentait qu'ils n'étaient qu'au début de leurs aventures puisque jusqu'à présent, ils n'avaient encore aucune trace de Mattew. Bien des fois, il avait voyagé en Europe pour le travail, mais il ne souvint pas d'un voyage aussi animé ! Lui qui aimait sa vie plutôt bien rangée, il allait devoir envisager une vie plus mouvementée et moins casanière. Au fond, cette idée ne lui déplaisait pas. Sarah éclairait sa vie bien autrement.

Malgré tout, il restait inquiet suite à l'accident, il avait compris le passage à l'acte volontaire du chauffeur de la grosse cylindrée. Il se doutait bien que leur signalement auprès de la police serait probablement vain. Il savait que Sarah ne voulait pas renoncer à ses recherches. Il alla récupérer la nouvelle voiture de location, il se jura d'être plus prudent, de ramener le véhicule en bon état et de faire au mieux pour retrouver Stevenson au plus tôt. Ils arrivèrent un peu avant l'heure du dîner et allèrent rapidement avaler un *fish and chips*, dans un restaurant près de leur réservation.

Le matin suivant, Antoine avait chauffé légèrement la voiture avant de démarrer pour enlever la buée qui se formait sur les vitres.

Ils étaient plus détendus à présent. Ils passèrent bientôt devant le musée de Somerset, on pouvait apercevoir un magnifique château du douzième siècle entouré d'un parc grandiose. Ils n'eurent pas le temps de s'y arrêter et Sarah s'imaginait bien le visiter un jour avec lui. Antoine l'informa que ce lieu demeurait également le musée militaire de la région. Sarah y retrouvait un peu les remparts du château de Caen.

— Je ne suis pas une experte, mais il me rappelle agréablement le château de notre centre-ville avec ses vieux remparts.

— Il en a, en tous les cas, la taille, l'âge et l'aspect général.

— Tu connais le nom de ces magnifiques collines Antoine ? Elles sont recouvertes de sapins et de chênes. C'est vraiment beau !

— Oui, ce sont les *Blackdown Hills*. Derrière les arbres, il y a de grandes plaines, de nombreuses vaches et chevaux y pâturent.

À l'approche de Taunton, Sarah décida de prendre le volant et de se lancer dans l'aventure de la conduite anglaise. Dans les premiers instants, elle se sentit un peu perdue dans les rues de la ville, mais son orgueil lui ordonna de continuer son effort. Les intersections lui semblaient un casse-tête, ainsi que de nombreux panneaux. Antoine, amusé, était un copilote hors pair ; sans jugement, il lui offrit les meilleurs conseils.

Taunton était une ville du comté de Somerset, son nom *Tone Town* signifiant ville sur la rivière. Sarah, au premier coup d'œil, aima cette petite ville enclavée dans les collines. Endroit calme, sans réelle notoriété, le climat en ce mois de juillet y était agréable et moins pluvieux. La température et la végétation lui semblaient assez similaires à sa ville natale.

Elle n'y avait rien trouvé de particulier à visiter et put concentrer son attention sur la route et sur leur prochaine rencontre avec le Colonel Edward.

Quant à Antoine, il connaissait l'existence ici, d'une organisation du ministère de la Défense, chargée depuis la 2e guerre mondiale, des informations de navigation civiles et militaires. Il espérait obtenir un rendez-vous avec le responsable.

— Tu aurais pu gérer une auto-école, lui dit-il.

— Ah cela non, je ne crois pas, j'aime la vitesse et passer mes journées à rouler à 50 km à l'heure dans Caen ou ailleurs, m'aurait profondément ennuyée ! Je me serais endormie au volant, tu imagines, la monitrice provoquant des catastrophes, j'aurais vite fait faillite ! Je ne suis pas très patiente, tu sais !

Il lui vola un baiser dont elle n'eut pu se défendre, elle se mit à rire, mais la douleur de son épaule se réveilla et freina leurs ardeurs respectives. Des allées de chêne bordaient les routes de campagne à la périphérie de Taunton, la brise était fraîche ce matin, plus proche d'un mois de mai que d'un mois de juillet. L'humeur de nos voyageurs était revenue au beau fixe !

La délivrance

Il ne restait plus que dix minutes avant d'arriver chez Mr Edward. Sarah se sentait de plus en plus à l'aise dans sa conduite à gauche. Elle maîtrisa rapidement les ronds-points à prendre de gauche à droite, c'est-à-dire à l'envers ! Et elle apprécia grandement qu'il n'y ait pas la règle française de priorité à droite.

Arrivés, ils se retrouvèrent devant un mur de pierre grise, formant une enceinte autour de la propriété. Sarah gara la berline. Devant le portail, un système de sécurité permettait d'apercevoir les visiteurs. Avant de sonner à l'interphone, Antoine aperçut un homme, revêtu d'un tablier de jardinier, venir vers eux.

— Please to meet you Sir.

— Please to meet your Mister ?

— We are Mr Karter et Miss Sarah Deverre. We would like to request a meeting with Mr Edward.

Sir Edward acquiesça, leur serra la main avec un large sourire et les invita à garer leur véhicule sur son parking. Deux anciennes voitures anglaises y étaient stationnées. Des véhicules des années 30, une Bentley rutilante et une Jaguar de couleur sombre. Sarah changea donc la voiture de place. Elle aimait les vieilles voitures et se sentit tout de suite conquise par ce domaine aux allures de noblesse anglaise. Ils marchèrent dans une allée bordée de charmilles. Quelques chênes centenaires se tenaient majestueusement au milieu d'un parc très bien entretenu, d'un vert hypnotique. Sarah et Antoine découvraient un décor typique à l'anglaise, des arbrisseaux, des parterres de fleurs jaillissantes, et des fontaines en fonctionnement. Ce jardin aux airs bucoliques les ravit amplement.

Ils parvinrent rapidement devant un manoir anglais, restauré, dont les pierres semblaient être les mêmes que celles constituant le mur d'enceinte. Le Lieu était définitivement majestueux, inoubliable.

Une femme âgée se tenait sur le perron. Deux escaliers symétriques permettaient l'accès au bâtiment. Ils montèrent les marches de droite, derrière leur hôte, furent présentés à Miss Wilson, sœur de Mr Edward et introduits dans un petit salon de couleur bordeaux. Antoine discutait déjà avec Sir Edward, pendant que Sarah prêtait attention aux lieux. Des velours recouvraient les canapés, des tapisseries vertes et beiges, habillaient les murs. Une très grande baie centrale laissait passer la lumière et permettait de contempler le jardin arrière. Des cercles de lumière dansaient sur le sol carrelé ocre, datant probablement du 19e siècle.

Sarah écoutait Sir Edward et Antoine échanger, le ton était discret et courtois. Elle, attentive, s'abreuvait du thé vert qu'on venait de lui servir.

Antoine prenait toutes ses précautions pour parler de la découverte de Sarah et en arriva bientôt à la lettre de Mattew, qu'il lui tendit.

Bientôt les mains de Mister Edward se crispèrent sur les accoudoirs de son fauteuil sombre. Il tendit la lettre à sa sœur, secoué. Miss Wilson la parcourut lentement puis devint écarlate, elle ne semblait pas bien du tout. Elle se servit un verre d'eau provenant d'une carafe posée devant eux. Ses yeux s'embrumèrent. Toute la peine du monde se dessina sur les deux visages vieillis par les affres du temps, d'un temps à désespérer probablement, dans l'attente d'une réponse quant à la disparition de leur proche.

— Mattew, finit-il par prononcer, c'est bien mon fils… Parti au combat en 1944 sur les terres françaises, il n'est effectivement jamais rentré et nous comprenons enfin pourquoi. Il tenait dans ses mains tremblantes la lettre remise par Sarah. Cette lettre que son fils avait écrite peu de temps avant son exécution. Il hésita avant de continuer…

Sarah était elle aussi bouleversée, sa tristesse dépassait bien tout ce qu'elle avait pu imaginer. Ses larmes retenues, leur désespoir lui déchirait les entrailles. Elle n'imaginait pas à quel point sa découverte au fond de l'alcôve allait bouleverser à ce point une famille. Elle dut se ressaisir dans cet instant si grave, si dramatique. Elle devait rester digne, comme eux l'étaient. Sir Edward reprit la parole.

— Merci pour cette lettre, finit-il par prononcer, il regarda sa sœur et lui prit la main. Celle-ci très choquée dut quitter la pièce, la douleur était à son paroxysme.

Ils avaient bien compris depuis longtemps qu'ils ne reverraient point Mattew, qu'il était probablement mort pendant la fin du conflit en France. Mais la douleur ravivée en ce jour fut violente. Maintenant, Mr Edward savait et remerciait Antoine et Sarah pour cette ultime nouvelle.

Il tenait la main d'Antoine comme pour le remercier davantage. Quand l'émotion diminua légèrement, celui-ci trouva les mots justes pour expliquer que les policiers avaient posé des scellés sur les lieux, afin de diligenter une enquête et de protéger l'endroit. Il l'informa qu'il serait bientôt contacté par la police des suites de l'enquête. La médecine légale et la police scientifique avaient commencé à travailler, mais pour l'instant, aucune information n'avait été communiquée.

Il expliqua également que Sarah, dans le cadre de la procédure, avait remis la boîte à tabac ainsi que son contenu. Elle avait intelligemment photographié les documents pour leur remettre. Elle tendit les copies des photographies.

Sir Edward se mit lentement à évoquer des souvenirs. Son fils était lieutenant, il s'était engagé deux ans avant l'été 44, et il était très fier de son engagement auprès des Français. L'armée, c'était une histoire de famille, le père de Sir Edward avait été aussi militaire. Mattew fut très jeune curieux des échanges entre son père et son grand-père, posant souvent des questions. Alors quand il s'engagea, personne ne s'étonna réellement ; les Edward furent même plutôt honorés par cette continuité. Mattew souhaitait entrer dans une école britannique de sous-officiers, et il réussit parfaitement ses études.

— Mon fils est mort en héros, nous le savons aujourd'hui grâce à vous deux, et malgré la douleur qui nous bouleverse, nous pouvons être fiers de son parcours militaire. Je vous remercie sincèrement. Je vais me mettre en contact avec les autorités françaises et rester à disposition de la police.

— Nous aurions aimé être porteurs de meilleures nouvelles, hélas !

Mr Edward les invita à se diriger vers le grand séjour et prit dans sa bibliothèque un album de photographies. Ensemble, ils regardèrent l'album de famille face à la belle cheminée de briques et de pierres. Mattew était sur les clichés en présence de sa mère et de Mr Edward. Joli bambin de trois, cinq, et quinze ans… Ils avaient immortalisé toutes les années, ses plus tendres années…

Miss Wilson entra dans la pièce, elle ne pleurait plus, elle s'assit près de Sarah et se mit, elle aussi, à parler de Mattew d'une voix fragile encore. Elle avait gardé son amour intact pour son neveu.

En regardant une photo, Sarah sursauta, elle eut un pressentiment… elle demanda tremblante, qui était le deuxième enfant se tenant aux côtés de Mattew. Sir Edward l'informa qu'il se nommait Stevenson, un ami de Mattew et qu'ils avaient choisi d'être militaires ensemble pour servir leur pays. Ils avaient fait la même école des sous-officiers à Londres.

Sarah à présent était profondément troublée, elle apercevait enfin son père devant ses yeux et voyait son visage ! Son émotion était palpable. Grâce à eux, elle connaissait à présent une partie de son enfance. Sir Edward continuait à parler des deux enfants sans avoir connaissance du lien qui unissait Sarah et l'ami de son fils.

— Stevenson était le plus intrépide des deux, ajouta-t-il. Ensemble, ils aimaient faire les quatre cents coups, ils nous ont donné, par moments du fil à retordre à mon épouse et à moi-même ! Il venait très souvent passer le samedi avec nous. Ma femme aimait les avoir ensemble à la maison, elle leur préparait des gâteaux et les emmenait parfois à la piscine ou à la bibliothèque.

— Mr Edward, Stevenson est mon père !

— Ah ! Quelle surprise ! Je suis ravi de l'apprendre, nous sommes alors un peu de la même famille Sarah !

— Oui, tout à fait ! Je vous remercie de tous ces beaux souvenirs évoqués, puis-je alors vous demander l'endroit où il vit aujourd'hui ?

— Hélas, non. Il est revenu quelque temps ici, après la guerre, auprès de sa famille, puis je crois qu'il a rencontré une personne et il est parti s'installer avec elle, à l'étranger. Mais le couple n'a pas duré et je n'ai plus eu de ses nouvelles ces dernières années. Sa mère est encore parmi nous, son père est décédé il y a quinze ans. Je peux essayer de vous donner son adresse ?

— Oui, bien volontiers, Sir.

— Je vais vous la chercher.

Il retourna vers sa bibliothèque, effleura quelques calepins archivés et en sortit un. Il nota l'adresse sur un post-it qu'il tendit à Sarah. Sa main tremblait encore légèrement ; les années à venir allaient-elles enfin devenir plus douces pour lui et sa sœur, se demanda Sarah. Elle le remercia très sincèrement et le serra dans ses bras. Mr Edward se rassit dans le canapé. Il semblait plus apaisé, il reprit l'album, y déposa soigneusement la vieille lettre tel un objet très précieux et le referma délicatement.

Sarah prit son téléphone et y enregistra les coordonnées de Miss Watson, sa grand-mère. Dorénavant, sa famille changeait. Elle avait deux grand-mères, elle aimait doucement cette réalité qui se dessinait. L'idée de rencontrer Miss Watson, la laissait bien heureuse après une journée éprouvante. Elle habitait à quelques dizaines de kilomètres de la propriété. Ils y seraient rapidement.

— Sir Edward, vous ne m'avez pas parlé de votre épouse, puis-je vous demander ?

— Ma pauvre Betty est en maison de repos à Taunton. Elle est tombée très malade après la disparition de notre fils Mattew, son chagrin incommensurable, l'a mené tout droit vers la dépression. Je l'ai soutenu de nombreuses années, mais son état s'est aggravé, obligeant une prise en charge continue.

Ses yeux se voilaient à nouveau, et il ajouta :

— Elle ne parle presque plus, ne bouge plus de son fauteuil. Je n'ai pas seulement perdu Mattew dans cette tragédie, mais aussi mon épouse…

Ma sœur et moi allons lui rendre visite deux fois par semaine, espérant toujours que son état s'améliore. Betty a eu beaucoup de mal à avoir un enfant, Mattew fut tant attendu, elle n'a pas supporté sa perte.

— Nous sommes tellement désolés, Mr Edward !

— Merci Sarah. Je vais parler au médecin psychiatre qui la suit, savoir comment la mettre au courant de cette lettre.

— Je pense que c'est une bonne idée, ajouta Miss Wilson.

Sarah regarda par la grande baie et aperçut un petit lieu de recueillement au bout d'une allée. Il était bordé de roses. Lieu paisible et de prière, peut-être avait-il reçu beaucoup de leur chagrin. Elle se sentait lasse. Sa volonté de retrouver son père et d'apporter des réponses au passé avait entraîné des bouleversements. Elle soupira, elle pensa cependant que Mr Edward, connaissant la vérité, allait peut-être définitivement pouvoir apaiser son esprit. Quant à sa femme Betty, elle n'osait espérer que cette lettre puisse la sortir de son enfermement.

Antoine discutait maintenant avec Sir Edward du Mémorial et son projet professionnel. Il lui parla de la création d'une nouvelle salle de conférence, dans laquelle il espérait organiser une rencontre entre les soldats britanniques et français. Une exposition en appui serait organisée.

Sarah aimait entendre Antoine converser. Il était passionné, mais aussi, elle le trouvait correct dans ses attitudes. Il savait se comporter dans toutes les situations. C'était un homme serviable, apaisant et sincère. Elle aurait aimé lui dire tout le bien qu'elle pensait de lui dans cet instant, mais elle se retint bien évidemment, ce n'était pas le bon moment.

Après avoir remercié profondément Mr Edward et sa sœur, ils se dirigèrent vers le hall d'entrée bercé d'une ambiance particulière en ce milieu d'après-midi. Ils attendirent d'être dans l'aller pour enfin échanger ensemble.

— Merci Antoine de m'avoir aidée dans ce moment particulièrement délicat, ce n'était pas facile du tout et heureusement que tu étais là.

— Je t'avais promis, Sarah, de t'aider comme je le pourrais.

— Je vais bientôt retrouver ma grand-mère, c'est au-delà de ce que j'espérais. J'attends tellement de cette rencontre !

— Oui, et nous saurons enfin où vit ton père. C'est la meilleure des choses que je te souhaite Sarah…

Quand le danger guette

Antoine était inquiet, mais il n'avait rien confié de sa gêne à Sarah. Une voiture les suivait depuis Taunton et il la voyait se rapprocher dans le rétroviseur. Il réfléchit rapidement, tourna rapidement dans un chemin à droite et se gara sur le côté de celui-ci.

— Sarah, nous n'irons que demain à la rencontre de ta grand-mère. Tu te souviens de la voiture qui nous a heurtés ? Son conducteur est à nouveau dans les parages, il nous suivait et vient de passer devant nous. Nous pourrions mettre tes proches en danger, rentrons à l'hôtel et avisons.

— Oh, mon dieu, que se passe-t-il encore ?

— Je ne sais pas, mais nous le saurons bien assez tôt, je pense ! Faisons comme si de rien n'était et faisons demi-tour.

— C'est la seule option qu'il nous reste !

À l'intersection suivante, Antoine fit effectivement demi-tour, la voiture folle n'était plus dans les parages.

Rentrés à l'hôtel, Antoine et Sarah s'installèrent dans une véranda qui donnait sur l'arrière du bâtiment. Elle se situait dans un petit jardin clos, avec des rideaux vieux rose de chaque côté des vitres. La nuit, l'hôtelier les fermait pour isoler du noir extérieur. Ils y seraient au calme pour échanger, plus tranquilles.

Antoine essayait de remettre en ordre les événements de ces derniers jours afin d'y voir un peu plus clair et tenter de comprendre la motivation de cet homme dans ses passages à l'acte dangereux. À cet instant de sa réflexion, ses questions restaient encore sans réponse. Qui était cet homme et que voulait-il ? Il était de plus en plus perplexe.

Sarah, quant à elle, considérait qu'Antoine était autant exposé qu'elle.

De plus, elle ne pouvait s'empêcher de penser au danger qui pesait sur Sir Edward et sur sa grand-mère. Elle frissonna, avec un mauvais pressentiment qui ne la quittait pas. Elle n'aimait pas du tout la tournure que prenait leur recherche.

Antoine, après le dîner, alla marcher autour de l'hôtel, afin de s'assurer de leur tranquillité. Aucune trace de la grosse berline dans les parages, ce qui ne le rassura qu'à moitié. Ayant un ami haut placé à la brigade d'intervention et de recherche de Paris, il l'appela sur son portable afin de le prévenir de la présence de cet homme. Il lui communiqua les quatre numéros de la plaque d'immatriculation en espérant qu'il puisse l'identifier. Sarah semblait avancer sur un terrain glissant dans ses recherches, et il était plus prudent d'obtenir la protection de la police. Antoine, seul, ne se sentait pas capable d'assurer leur sécurité.

Vers vingt-trois heures trente, Sarah tournait encore dans sa chambre, les minutes semblaient des heures, elle revivait les jours précédents dans son esprit et l'endormissement était impossible. Elle enfila un peignoir léger, se dirigea vers la chambre d'Antoine, au bout du couloir. Elle hésita quelques instants avant de frapper. Si jamais il dormait !

Antoine travaillait sur son ordinateur portable, il réalisait un compte-rendu illustré de tableaux chiffrés en fonction d'un budget à évaluer et à proposer pour obtenir le financement de son projet. Lui et son équipe espéraient augmenter dès l'année suivante, la capacité muséographique du Mémorial. L'objectif étant la création d'une médiathèque et d'une salle de conférence.

Il entrebâilla la porte et sourit à la vue de Sarah, puis la fit entrer.

L'union

Les premiers rayons du soleil s'infiltraient dans la chambre par cette nouvelle matinée. Sarah se réveilla et s'étira, Antoine dormait encore. Elle observa l'endroit avec attention. La chambre était plutôt masculine avec des tons gris et noirs et des lampes de chevet métalliques. Les draps en soie étaient d'un ton très clair, ils donnaient une touche confortable au lieu. Elle avait apprécié ce nouveau contact soyeux. Mais elle avait surtout aimé s'endormir auprès d'Antoine qui avait été attentif à ses inquiétudes. Tard dans la nuit, ils s'étaient aimés et elle s'était endormie, apaisée, au creux de son épaule. Elle ne tarda pas à s'assoupir au milieu de ses pensées heureuses…

Antoine s'était habillé, il avait commandé un petit-déjeuner dans la chambre. Les œufs Bénédicte au bacon fumaient encore. Il s'approcha de Sarah avec un magnifique sourire et lui tendit un verre de jus de fruits. Sarah était ravie, elle avait faim et n'allait pas se faire prier pour déguster les viennoiseries et un morceau de baguette bien frais.

— Merci Antoine ! Tu as bien dormi ?
— Oui, parfaitement, on déjeune ?
— Oh que oui !
— C'est ce qu'il nous faut un bon p'tit déj !

Ils n'évoquèrent point leur intimité si ardente de la nuit, elle en était heureuse, car elle serait devenue, elle en était sûre, rouge pivoine !

L'heure de quitter l'hôtel arriva rapidement et Sarah n'avait encore bouclé sa valise, elle planait ce matin et devait s'activer. Après cette nuit charnelle et tendre, ils paraissaient tous deux, ravis et légers. L'amour flamboyant avait remplacé l'amour naissant, ils semblaient unis, solidement attachés l'un à l'autre.

Ils attendirent au bord de la chaussée afin de traverser et rejoindre leur voiture sur le parking. Au feu vert, Sarah s'engagea pour passer, Antoine se tenait à deux pas derrière elle. Il vit la voiture débouler et accélérer. Il connaissait trop bien cette auto. Il eut juste le temps d'attraper Sarah par son bras gauche pour la projeter en arrière. Ils firent une belle chute sur la chaussée dans cette seconde criminelle. Sarah se releva toute blanche. Son cœur battant violemment dans sa poitrine. Antoine venait de lui sauver la vie. Elle vit à cet instant, la peur dans les yeux de son compagnon. Bouleversé, il s'assit plus loin sur un banc, la tête entre les mains.

— Cela fait deux fois Sarah qu'il te fonce dessus, tu es sa cible, nous devons quitter le pays ! Cela va vraiment mal finir !

— Antoine, allons voir ma grand-mère avant de partir, nous approchons du but, c'est évident et c'est pour cela qu'il s'énerve ! Rapprochons-nous du commissariat pour faire une déposition. As-tu des nouvelles de ton ami à Paris ? Peut-être que cet homme essaie de nous intimider ?

— Sarah, cela dépasse l'intimidation, il y a tentative de meurtre !

— S'il te plaît Antoine, après nous rentrerons, c'est promis !

Elle sécha ses larmes et frotta sa robe pour en ôter les saletés.

Antoine finit par acquiescer. Il savait pourquoi il était là auprès de Sarah. Il l'avait aimé au premier regard et avait très vite occupé la place de celui qui protège. Il s'était engagé à l'aider afin d'obtenir des informations sur son père. Il savait que Sarah courait un grand danger et il n'était plus temps de le nier. Il allait rappeler son ami policier et lui demander de l'aide. À trois, ils prendraient la meilleure décision ! Ensemble, avec Sarah, ils étaient plus forts.

Une énigme de plus

Antoine, après avoir tapé à la vieille porte, avait réussi à entrer dans la maison de Mme Watson. Il trouva une maison chamboulée, avec des tasses laissées négligemment sur la table du salon.

— Non, mais ce n'est pas possible, il n'y a plus personne dans cette maison, quelle déception ! On avance et puis on recule ! Je n'y comprends plus rien, Antoine !

— Effectivement, c'est à ne plus rien y comprendre, que s'est-il passé ici ? Nulle trace de Mme Watson, ta grand-mère !

La maison était visiblement délaissée. Les tilleuls n'avaient pas été taillés depuis longtemps, l'herbe haute et les herbes folles laissaient entrevoir un abandon manifeste du jardin. Digitales et chardons avaient remporté la partie dans ce lieu. La maison était aussi en bazar. Comme si ses habitants s'étaient volatilisés !

— Brrr, il fait tellement froid ici, regarde ce carreau cassé, il s'est passé manifestement quelque chose ici ! Je t'avoue que je m'inquiète profondément pour ma grand-mère, j'ai un mauvais pressentiment.

Espérons que nous n'aurons pas de mauvaises nouvelles de ce côté-ci !

Sarah fit le tour de la maison, fouilla dans toutes les pièces, à la recherche d'informations. Elle ouvrit des agendas, des carnets et s'arrêta enfin sur une adresse,

« Stevenson, 6 avenue blue Road, Lichefield... phone number 07911xxx xxx ».

Elle n'eut pas le temps de se réjouir que quelqu'un l'attrapa par-derrière, elle ne put voir son agresseur, faillit tomber, poussa un cri et se débattit. Elle mordit le bras de son ennemi qui essayait de la traîner vers la sortie. Antoine, alerté, trouva une planche près de la cheminée et vint frapper violemment l'homme dans le dos. Il lâcha Sarah, chancela, se redressa avec difficulté et prit la fuite par la porte laissée entrouverte. Antoine réconforta Sarah qui pleurait d'effroi.

— Tout cela finira mal Sarah ! Nous avons minimisé le danger. Cet homme est un psychopathe !

— Antoine, oh mon dieu ! J'ai eu si peur ! Mais j'ai mémorisé l'adresse de mon père, il habite Lichefield ! Antoine, cet homme maintenant a aussi son adresse !

— Trop de danger ces derniers jours, allons de ce pas à la police, dépêchons-nous ! Il ne doit pas agresser ton père ! Il est grand temps de mettre tout le monde hors de danger, je refuse de faire un pas de plus sans une protection des forces de l'ordre.

Sans attendre, ils filèrent au commissariat le plus proche.

Cette nuit-là, Sarah fit un cauchemar où elle vit sa mère attaquée violemment par un individu cagoulé. Elle se redressa subitement, tremblante. Antoine qui dormait à ses côtés, la rassura et alla lui servir un petit café ; ils discutèrent quelques instants avant qu'elle ne replonge dans un sommeil un peu moins tourmenté.

Le lendemain soir, la police anglaise (*Traffic Police)* revint vers eux, la voiture folle avait été identifiée et les agents étaient à la recherche de l'individu. C'était une voiture de location anglaise. Antoine expliqua aux agents que Sarah avait fait une déposition au poste de Taunton et demandé la protection de son père à Lichefield.

Ils furent convoqués au poste de police de la *Criminal Investigation department* pour déposer une plainte et consulter les archives photographiques dans l'espoir de reconnaître l'agresseur. Ce soutien de la police rassurait Sarah, ses nerfs avaient été mis à rude épreuve les jours précédents, et là, elle put exprimer toute son inquiétude pour ses proches.

Heureusement qu'Antoine avait su assurer sa sécurité, elle lui devait une fière chandelle !

Même si Sarah avait l'habitude de vivre à cent à l'heure entre son travail et ses occupations, elle se trouvait à cet instant, complètement dépassée par les événements. Dorénavant, les choses étaient trop graves pour être gardées sous silence.

Ils ne reconnurent pas l'individu sur les clichés proposés. Le détective les reçut ensuite dans son bureau avec trois autres agents. Il avait une proposition à leur faire. Il expliqua la mise en place d'un guet-apens afin de mettre le criminel hors d'état de nuire. Il leur fallait l'accord de Sarah, car cette idée n'était pas sans risque pour elle. L'équipe serait là pour assurer sa sécurité, et elle serait équipée d'un micro. Antoine s'opposa.

— Nous serons là où vous serez, et nous mettrons des hommes pour assurer la sécurité de votre père et de vous-même lors de votre venue. Nous allons faire en sorte que tout se passe sans encombre, vous serez équipés tous les deux de micros, et on vous lâchera pas d'une semelle là où vous serez, à distance bien sûr !

— Sarah, dit un second agent, vous avez la possibilité de refuser et nous resterons dans le cadre classique d'une enquête, mais votre sécurité ne sera pas assurée et rien ne dit qu'il ne retentera pas de vous attaquer.

— Antoine, ce policier a raison, nous devons le mettre hors d'état de nuire, il en va de nous, mais aussi de mon père, de Mr Edward. Trop de gens sont touchés par cette affaire et s'il arrivait malheur à l'un d'entre eux, comme à toi, je ne me le pardonnerais pas. Il y a trop de zones d'ombre autour de la disparition de Mattew. Allons au bout de nos recherches et de cette histoire afin de la résoudre une bonne fois pour toutes. Comprendre ce qu'il s'est passé dans ces ruines souterraines aidera peut-être à l'arrestation de cet homme.

Je me dis que d'autres familles attendent depuis trop longtemps des réponses sur les disparitions. Il faut prendre ce risque Antoine.

Ils restèrent encore une heure dans les locaux. Sarah répéta encore une fois la sordide découverte à Langrune. Ils travaillèrent à mettre en place les moyens de l'arrestation. Ils espéraient que l'homme se manifesterait rapidement dans les jours à venir. Stevenson serait prévenu de la mise en place du guet-apens, s'il devait surgir chez lui. Il porterait un gilet par balles pour plus de sécurité. Il était temps de se mettre en lien avec la police de Lichefield, qui avait dû mettre un agent en faction près de la maison de Stevenson.

Celui-ci fut appelé dans la foulée. La conversation fut sur haut-parleur. La rencontre fut programmée pour vendredi matin.

À partir de maintenant, les dés étaient jetés, l'aventure allait redoubler d'intensité, le danger aussi ; Sarah et Antoine allaient devoir faire preuve d'une extrême vigilance.

De son côté, Stevenson avait été bouleversé par son échange téléphonique avec Sarah, sa fille ! Il était père. Il n'en revenait pas encore. Marié par le passé, il n'avait jamais eu d'enfants. Sa vie venait de prendre un drôle de tournant. Et il avait enfin des nouvelles de Marie, son aimée ! Il ne savait pas ce qui le troublait le plus dans cet appel.

Il était confus en cette fin de journée. Il vivait seul depuis quinze ans. Et jamais il n'aurait imaginé vivre une telle nouvelle. Marie, ce prénom résonnait dans sa tête, il était heureux, mais inquiet à la fois. Il accepta la mise en scène proposée par le détective, c'était un ancien militaire, la prise de risque avait fait partie de toute sa vie. Et en la mémoire de son ami Mattew disparu, il allait aider la police dans cette entreprise. Il ne pouvait s'empêcher de repenser à Marie les jours qui suivirent. Il l'aimait encore, mais il n'osait croire encore à leurs retrouvailles.

Les souvenirs rejaillissaient plus clairs les uns que les autres, il n'avait rien oublié de cet amour, de cette jeune femme belle, au regard éblouissant. Il savait au fond de lui que sa vie ne serait plus jamais la même à partir de maintenant. Il se servit quelques verres de scotch et passa les jours suivants installé dans son bureau à digérer toutes ces nouvelles et à retrouver un esprit apaisé.

De l'ombre à la lumière

Sarah appela sa mère Marie, elle lui relata l'essentiel de son voyage, Manchester, Taunton, Lichefield. Lui parla en détail des rencontres avec les anciens militaires et de toutes les émotions partagées. Puis bien sûr, elle lui parla de Stevenson et de leur rencontre prochaine. A cette nouvelle, Marie faillit perdre l'équilibre, l'émotion la faisait vaciller, elle prit son téléphone et alla s'installer plus confortablement dans son canapé. Elle n'écoutait presque plus et coupa doucement la parole de Sarah.

— Sarah, ma fille, tu as été formidable, je savais que tu allais réussir à me rapporter de ses nouvelles… Apprendre que ton père est en bonne santé et que tu vas bientôt faire sa connaissance me rend très heureuse. Je suis profondément émue, et te suis reconnaissante, ma Sarah de ces bonnes nouvelles.

— Et pour Matt, tu sais ce qui s'est passé ? As-tu plus d'éléments ?

— Je te raconterai maman, c'est promis, mais là je vais devoir te laisser, Antoine m'attend. Prends bien soin de toi, je rentre bientôt veiller sur toi. As-tu bien arrosé nos rosiers ? Et le concours ?

— Oui, je prends soin d'eux et ils sont magnifiques, nous avons gagné le deuxième prix, je te raconterai. Fais bien attention à toi, ma petite Sarah ! Je t'attends !

— Merci maman.

Pendant que les deux femmes discutaient, Antoine surveillait la rue face à l'hôtel. Il avait besoin de marcher et de s'assurer que la police était dans les parages. Il avait bien repéré les voitures en faction. Mais il restait inquiet. Il avait eu, à plusieurs reprises, très peur pour Sarah, et ne supportait pas l'idée qu'il lui arrive quoi que ce soit. Ce soir, il regrettait bien d'avoir encouragé Sarah dans son projet de voyage ici. Il avait vraiment peur que l'individu ressurgisse et lui fasse du mal. Il s'était attaché à elle comme jamais il ne l'avait fait pour personne auparavant. Il n'était pas un grand sentimental et avait choisi de vivre sa vie librement. Mais là, à l'aube de ses cinquante ans, l'amour avait été plus fort que ses principes de liberté, il se sentait lié à elle et il y tenait autant qu'à sa propre vie. Elle était devenue en peu de temps son bel avenir, son plus bel horizon, il avait hâte que toute cette histoire se termine au plus vite, qu'ils puissent passer à autre chose.

L'instant d'avant

Sarah et Antoine avaient donc encore deux jours à occuper avant la rencontre avec Stevenson. Sarah était un peu nerveuse, et assez impatiente, elle savait combien ce moment serait intense et elle avait tant espéré que ce jour arriverait ! Depuis le début de l'aventure, Sarah notait dans un carnet le déroulement de chaque journée. Elle désirait garder une trace de son séjour, car elle savait au fond d'elle qu'elle vivait un des plus beaux moments de sa vie. Elle n'aurait cependant pas imaginé que la peur ferait elle aussi partie du voyage. Elle alla dans le petit salon de l'hôtel, demanda un café au jeune serveur, puis alla s'installer sur une table. Elle se mit à écrire. Un flot de mots jaillit sur le papier.

Son cœur s'épanchait ce soir en secret, les pensées se firent nombreuses et interrogatives.

Il lui fallut bien une heure pour assouvir sa soif d'écriture, et elle n'entendit point Antoine arriver discrètement. Elle fut surprise de recevoir un baiser sur sa nuque. Elle posa son stylo. Malgré son sourire, il lui apparut préoccupé, elle n'en dit rien, elle savait trop bien ce qui le travaillait. Elle essaya de lui changer les idées et lui proposa une partie de cartes. Il approcha un fauteuil Voltaire et accepta de commencer une partie. Quand ils eurent fini une dizaine de parties, elle lui proposa d'aller se dégourdir les jambes. Ils allaient bientôt quitter Taunton et ils souhaitaient mieux découvrir la ville. La police, comme promis, n'avait pas levé sa surveillance, et deux hommes marchaient à distance. Une autre voiture était bien en faction devant l'hôtel. De grands réverbères éclairaient les allées à la nuit tombante. C'était un charmant cottage doté d'une quinzaine de chambres bien agencées, où ils avaient posé leurs valises. L'essentiel de la clientèle se composait d'étrangers américains. Ce bel endroit se trouvait au centre de la ville. Ils décidèrent de marcher vers un pub, en espérant en trouver un encore ouvert à la nuit tombante.

Sarah et Antoine se tenaient la main pendant leur sortie. Les événements avaient peut-être facilité leur rapprochement. Concrètement, en très peu de jours, ils avaient appris à se connaître. Ils s'étaient découvert un goût commun pour la musique et le cinéma, et poussèrent finalement la porte d'un petit cinéma de quartier. Ils y regardèrent un film humoristique anglais.

Le matin suivant, Antoine sortit faire son petit tour, rien ne devait être laissé au hasard. Il redoublait d'attention, il considérait la situation comme suffisamment grave pour faire preuve de prudence. Il pensait à Sarah et aurait été fier de la présenter à sa famille. Son avenir s'écrivait dorénavant à ses côtés. Ils s'entendraient à merveille, il en était persuadé et avait vraiment hâte de rentrer en France.

La veille au soir du départ pour Lichefield, il pria Sarah de s'asseoir avec lui dans le salon du cottage. Il s'assit en face d'elle et lui prit les deux mains avant d'annoncer :

— Sarah, il est encore temps de tout abandonner, j'aimerais que tu y réfléchisses, s'il t'arrivait malheur, je serais inconsolable et ta maman aussi. Il sera toujours temps d'inviter ton père à nous rejoindre en France.

— Antoine, la police travaille depuis plusieurs jours pour coincer cet individu fou à lier. Je ne peux pas accepter qu'il reste définitivement dans la nature, c'est aussi de ma responsabilité. Je dois faire ce qu'ont imaginé les enquêteurs, il doit aller sous les verrous, c'est là qu'est sa place. J'ai confiance en nous et je crois véritablement en un dénouement heureux. Tu m'as montré à quel point à deux, nous étions plus forts. Nous serons extrêmement prudents, j'ai un micro, un gilet, et je ne m'éloigne pas de toi et je te remercie de ta prudence, elle m'a toujours servie jusqu'à présent.

— Je ne te quitte pas des yeux Sarah, et s'il s'approche à nouveau, je saurais bien lui passer l'envie définitive de revenir, je pense qu'il doit encore bien avoir mal au dos du coup de planche que je lui ai flanqué.

Sarah se mit à rire timidement, mais au souvenir de ce moment, son enthousiasme se craquela légèrement. À cœur vaillant rien d'impossible, se disait-elle souvent. Ce dicton revint précisément en sa mémoire, elle embrassa Antoine tendrement.

La peur en voyage

Après un déjeuner léger, ils prirent la route une fois de plus, une dernière fois peut-être dans ces terres plus familières dorénavant.

La dernière destination serait donc Lichfield, petite ville du Staffordshire, proche de Birmingham, constituée d'une population de trente mille habitants. Sarah ne connaissait rien de cette ville sinon que le commandant Edward John Smith, célèbre marin du début du XXe siècle et commandant du RMS Titanic, y avait une statue en son honneur, information qu'elle découvrit au hasard de ses recherches. Elle en fit part à Antoine.

Elle n'avait rien projeté comme sortie ici, concentrant son intérêt sur la rencontre avec son père. Elle laissa le volant à Antoine. La conduite anglaise n'était définitivement pas son point fort malgré ses efforts. Antoine, plus expert, avait acquis l'aisance nécessaire et elle ne tenta plus de rivaliser avec lui. Par contre, elle essaya de comprendre de nouveaux panneaux, car elle reviendrait peut-être un jour prochain auprès de son père. Elle ressentait que le voyage allait se terminer bientôt.

Quinze jours passés ici en Angleterre pour retrouver son père et prévenir la famille de Mattew. Quinze jours pour se découvrir autrement amoureuse et courageuse.

Il fallait bel et bien terminer le livre de ce passé non complètement élucidé. Pour cela, elle comptait bien sur sa nouvelle famille et sur les forces de l'ordre.

À ce sujet, la police en France enquêtait toujours sur le décès des soldats au fin fond du tunnel, dans l'alcôve macabre. Ils furent appelés deux jours avant d'arriver chez Mr Edward. C'était évident que les attentats à sa vie avaient un lien avec ce passé enseveli, et elle ne savait si la police française était entrée en contact avec les autorités anglaises. Mais elle apprit à cet instant par l'inspectrice principale que l'homme au volant était un Français de 73 ans, originaire du Calvados. L'inspectrice précisa qu'ils étaient en train de vérifier d'autres informations plus précises, mais que son lieu de résidence restait encore inconnu. Antoine leur expliqua la stratégie mise en place ici par la police chargée du trafic routier.

— Un homme de soixante-treize ans, du même âge que Matt et Stevenson ? répéta Sarah.

Ce n'est sûrement pas une coïncidence, peut-être se connaissaient-ils ? Si nous comprenons le lien entre ces hommes, nous résoudrons toute l'énigme. Remuer ce passé enterré depuis cinquante ans a forcément fait peur à cet individu qui essaie alors de me faire disparaître.

— C'est cela Sarah, cette information est précieuse, avec son identité connue des services, sa liberté se restreint peu à peu et il sera bientôt sous les verrous.

Un peu plus de deux heures de voiture séparaient Taunton de Lichfield. Ils avaient parcouru les trois quarts du chemin. Sarah et Antoine se demandaient si cette ville était plus dynamique que Taunton. Ils étaient tendus, mais essayaient de ne pas trop le montrer. Ils parlaient peu. La pluie, survenant subitement, assombrit la campagne et ralentit la conduite. C'était une pluie d'orage suite à quelques jours de chaleur consécutifs. Antoine avait allumé la radio et ils écoutaient « *You make me feel a natural woman* » d'Aretha Franklin, ils s'étonnaient encore d'écouter et d'apprécier la même musique, il percevait les discrets fredonnements de Sarah. Ils n'avaient pas oublié que l'homme avait dérobé l'adresse de Stevenson, que le danger n'avait jamais été aussi proche. La police anglaise, chargée de leur sécurité physique, n'avait rien signalé d'anormal ces derniers jours, il n'y avait donc pas de nouvelle trace de cet homme dans les parages…

Stevenson habitait en périphérie, bientôt, ils aperçurent le chemin de la maison à la sortie d'un virage. Instinctivement, Sarah vérifia la bonne tenue de son micro et sentit le gilet contre sa poitrine. Elle n'avait pas l'étoffe d'un héros, et était encore moins membre des forces de l'ordre. Elle se sentait bien vulnérable dans ces dernières minutes…

La maison n'était pas en bordure de route, mais au fond d'une petite allée de quelques centaines de mètres. Des arbres nombreux se tenaient de chaque côté de celle-ci. Il faisait sombre sous l'orage et les arbres secoués par le vent n'incitaient pas à la flânerie. Ils avancèrent au pas et aperçurent un cottage fleuri avec une grande terrasse en bois clair sur son côté droit. Un toit de chaume recouvrait cette jolie maison. Elle devait dater du 18e siècle et plaisait à Sarah. La végétation y était luxuriante et variée. Des éclairages enjolivaient le lieu bien agencé. Elle observa rapidement la diversité végétale. Millepertuis, rosiers grimpants, hostas et gypsophiles dansaient sous le vent et la pluie plus fine à présent. Devait-elle se sentir chez elle, certainement un peu. Le choix des plantes ne la laissait pas indifférente. À travers ce décor varié, mais humide, elle essaya d'apercevoir les voitures en faction, mais elle ne vit rien…

Une jalousie mortelle

De son côté, Stevenson était légèrement agité depuis ces deux derniers jours. Il se posait mille questions quand il entendit le bruit d'une voiture dans l'allée la veille au soir de l'arrivée de Sarah et Antoine. Il ouvrit la porte et comprit instantanément qu'il n'aurait pas dû.

Un homme se tenait devant lui, un revolver à la main. Il lui semblait peu à peu familier....

... Un chemin, une auberge servant les ennemis et lui Harry, le « collabo » de service... Ça y est, il le reconnaissait ! Il l'avait repéré et observé un soir pendant qu'il cherchait une direction. Il avait dû rebrousser chemin, mais se souvenait de cette voix de traître ! La surprise de Stevenson fut grande.

— Mais que fais-tu là ? Toi ici ! dit Stevenson.

— Monte dans cette voiture et ferme-là ! Monte j'te dis !

Il l'attrapa par l'épaule et le poussa vers la voiture.

— Tu es fou, lâche-moi !

— Grimpe et ferme-la ! Je croyais en avoir fini avec toi il y a cinquante ans, toi et tes acolytes. Pourquoi t'étais pas avec Matt et les autres, hein… ça aurait été plus simple, je vais devoir recommencer le sale boulot !

— Matt, tu connais Matt ? Qu'est-ce que tu lui as fait, espèce de…

Avant qu'il ne finisse sa phrase, Harry le poussa violemment sur la banquette, lui posa des menottes, et démarra en trombe. Il vociférait pendant qu'il roulait bien trop vite. Stevenson essayait de garder son calme. De situations périlleuses, il s'était sorti bien des fois quand il était jeune soldat et particulièrement pendant la guerre... Sa force était son sang-froid. Il avait un coup d'avance sur lui, un micro-espion. Mais comment la police avait-elle laissé sa capture possible ? Et comment cet énergumène connaissait-il Matt ?

Harry vociférait, sa haine était véritable, il roulait à toute allure sous une route mouillée et prenait de véritables risques. Stevenson devait le faire parler, savoir où il comptait l'emmener et le sort qu'il lui réservait afin d'essayer de retourner la situation.

— Tu as détruit ma vie, il y a cinquante ans, tu as volé mes espérances, tu as volé mon amour, Marie, elle était à moi, tu as débarqué et tu m'as volé ma fiancée !

— Marie, tu connais Marie ? Mais elle ne m'a jamais parlé de cela, je ne comprends pas ! Où va-t-on ?

— J'avais prévu des fiançailles, mais toi tu m'as volé mon aimée, jamais je ne te le pardonnerai ! Des gouttes de sueur coulaient de ses tempes, il était hors de lui, incontrôlable !
Vous pensiez être cachés à l'entrée du tunnel, mais j'ai tout vu, tes sales pattes sur elle ! Je te maudis Stevenson, alors j'ai révélé votre planque aux Allemands qui se rinçaient le gosier dans notre auberge, ils ont fait une belle descente, bien ivres, ah oui, ils l'ont fait cette belle descente, les ont chopés sur la route et les ont ramenés à bon port, pour les abattre comme des lapins ! Et toi tu devais être le premier à y rester, mais je n'ai pas vu ton cadavre ! Aujourd'hui, tu vas payer pour ce que tu m'as fait, ton répit est terminé !

Cet homme hurlait presque en prononçant sa vindicte ! L'histoire était grave et Stevenson était entre de sales draps. Il essayait de garder son sang-froid et malgré les invectives menaçantes, il devait s'en sortir indemne. Il repensa à Sarah, à Marie ; ce n'est pas maintenant qu'il allait renoncer à elles deux ! Il ne se laissa pas envahir par la peur.

Harry s'arrêta et poussa Stevenson hors de la voiture. Lui, connaissant parfaitement bien sa région, distingua dans le noir *River Sow*, non loin de Stafford. Harry le fit avancer, canon dans le dos, vers un chalet presque délabré, près de la rivière.

— Mais que veux-tu à la fin, Marie, je ne l'ai jamais revue, tu aurais pu tenter de faire ta vie avec elle !

— Ne me raconte pas de salades, avance !

Stevenson comprit que tenter d'amadouer ce type était impossible et que s'il n'agissait pas rapidement, il en était fini de lui, il fit semblant de trébucher sur une pierre et en tombant attrapa la jambe de Harry entre les siennes. Il ne lâcha pas prise. Ce qui fit basculer l'individu furibond et, dans la chute, il perdit son arme qui alla voler à trois mètres. À bout de souffle, il sortit un couteau de sa poche et Stevenson eut juste le temps d'éviter la lame qui frôla son épaule droite. Il se mit à courir pendant qu'Harry, à quatre pattes, cherchait son arme. Dans le noir de la nuit bien avancée, il perdit un temps précieux qui permit à Stevenson de s'introduire dans les bois longeant la rivière. Harry lui tirait dessus maintenant, mais les balles se perdirent entre les arbres. Des années de boisson avaient rendu Harry bedonnant et mou, il fut bien incapable de rattraper Stevenson. Celui-ci courut pendant deux kilomètres dans les bois, sans reprendre son souffle. Il était sain et sauf ! Il réussit tant bien que mal à déclencher son téléphone les mains liées, et donna la position géographique du chalet puis la sienne.

Harry, blessé et secoué par la chute, avait rejoint le chalet et récupérait au plus vite ses sacs qui n'avaient même pas été défaits, juste ouverts. Il savait que l'entreprise échouée, il devait se tirer au plus vite, il était furax, mais surtout guidé par la peur. Ce qu'il ne savait pas c'est que la police l'avait identifié, lui, et son véhicule de location et qu'il y avait trois véhicules de police qui fonçaient droit sur lui. Ses heures de liberté étaient comptées.

À cet instant il ne savait point qu'il ne ressortirait pas vivant de la prison, mais cela c'est une autre histoire…

Stevenson, hors de danger, s'assit sur une grosse pierre près d'une route et attendit l'arrivée de la police, il allait bien, mais il était secoué, il n'avait plus vingt-ans, son cœur battait très vite dans sa poitrine et il repensa à Matt qu'il n'avait jamais revu. Il l'avait recherché après la fin de la guerre, il était allé voir Mr et Miss Edward à plusieurs reprises et avait prévenu les autorités anglaises, les associations de militaires disparus, rien ne l'avait mené à lui. Mr Edward et son épouse avaient sombré dans un profond désespoir depuis la disparition de Matt. Rien n'était pire que de ne pas savoir, l'esprit ne se reposait donc jamais à échafauder mille drames. Il s'était déjà senti coupable d'avoir laissé ses amis au combat sur le front allemand, il avait été détaché lui et quelques autres de sa troupe sur une autre mission dangereuse. Mattew et une quinzaine de soldats devaient sécuriser la zone qu'ils avaient reprise aux Allemands. La décision ne venait pas de lui, il avait reçu des ordres et avait dû scinder sa troupe en deux.

Il avait également perdu une dizaine de soldats dans des combats. L'arrivée d'autres militaires avait été indispensable, pour faire front. Ils avaient connu toute l'horreur de la guerre, lui était vivant, Mattew, son plus précieux ami, y était resté et maintenant il savait pourquoi.

Harry fut arrêté le soir même, ce fut bien son seul réconfort dans cette journée hautement dangereuse et bouleversante. Stevenson avala un verre de scotch.

La rencontre tant attendue

Stevenson ouvrit à ses hôtes, il regarda sa fille Sarah et dit :

— Je peux ?

Sarah ayant acquiescé, il la serra dans ses bras.

— Bonjour, cher père, enfin !

L'émotion sentimentale fut à son apogée, tous les deux étaient dans une autre dimension, celle de l'attente, de la joie et de la surprise incroyable ; la réalité si présente se faisait magicienne, bouleversante et sublime.

— Vous êtes tous les deux les bienvenus, et vous Antoine, je vous remercie d'avoir veillé sur ma fille. De vous connaître reste le plus beau des présents et à mon âge, je suis bien heureux que la vie m'ait réservé une si belle surprise,

— Merci, Stevenson, ajouta discrètement Antoine.

Il était ému, lui aussi, de cette rencontre à peine croyable, tellement belle et inattendue. Sa vie, décidément, prenait un tournant qu'il appréciait et il savait à cet instant que sa place serait définitivement auprès de Sarah et de cette fabuleuse personne.

Stevenson raconta sa mauvaise rencontre avec Harry, son geste de folie, la veille. Mais aussi, il les informa des propos rapportés par lui-même, et la façon dont il avait orchestré la mort de Mattew. Sarah et Antoine furent très tristes d'apprendre de quelle manière il avait manigancé avec les Allemands et le motif inqualifiable de ce massacre. Sarah pensa que sa mère serait bien chagrinée d'apprendre que cet homme, qu'elle avait dû connaître plus jeune, était un meurtrier. Elle se demandait si sa mère avait gardé des nouvelles de cet homme qui, selon les informations policières, vivait encore en Normandie jusqu'à son arrestation. Mais connaissant la qualité instinctive de sa mère, elle repoussa cette possibilité.

— Père, vous avez été une fois de plus héroïque, vraiment ce type est fou. Bravo de l'avoir mis hors d'état de nuire, il était grand temps.

— Je n'aurais jamais imaginé une histoire aussi sordide hélas !

— Par quel bonheur, avez-vous échappé à sa folie ? J'ai toujours su au fond de moi que je vous retrouverais. Je suis tellement heureuse !

— Le destin et la chance sûrement m'ont protégé de ce type, hélas, mes amis n'ont pas eu cette chance.... Il s'arrêta, et après avoir repris son souffle, continua…

— J'avais été appelé à intervenir en urgence sur un autre point stratégique, Mattew se proposa de rester pour empêcher les Allemands de progresser et d'attenter à la sécurité du pont. Je partis donc avec cinq de mes hommes à trois kilomètres de là, nous partîmes en camion blindé, avec quelques munitions. Nous savions cette mission périlleuse et hélas, j'ai perdu deux soldats lors d'une attaque sur la route. Harry a collaboré avec les Allemands qui venaient consommer dans l'établissement familial et il a été facile pour lui, enfant du village et malhonnête homme, d'obtenir les informations sur notre planque des deux jours précédents le jour maudit.

Il croupira en prison, je suppose que c'est le minimum à espérer dans ce cas présent.

— Mr Edward et sa sœur seront sûrement avertis, sinon je les rencontrerai afin qu'ils sachent, ils méritent la vérité et de s'apaiser un peu, s'il est possible de retrouver la paix après une telle perte…

— C'est exact, enfin cette affreuse histoire est tellement folle ! Comment peut-on en arriver à faire de tels crimes, le monde a des logiques que je ne comprendrai jamais.

Antoine demanda :

— Nous sommes allés chez votre maman, Miss Watson, que s'est-il passé ?

— Elle est décédée il y a quelques mois, je n'ai pas eu la force d'y retourner. Elle avait quatre-vingt-quatorze ans, sa santé s'est détériorée rapidement, c'était inéluctable. Les drames accompagnent les jours heureux et nous donnent bien des tourments…

— Nous sommes désolés. Vraiment.

Sarah comprit la gêne d'Antoine. Elle n'avait aucune envie de rajouter des tracas supplémentaires. Elle changea de sujet.

— Je ne mesurais pas à quel point la souffrance guidait la vie des Français et des militaires, mais Antoine est un passionné et il a su m'éclairer. Il met chaque jour sa connaissance historique au service de la vérité. C'est un honnête homme, vous allez l'apprécier.

À ces mots, elle vit Antoine rougir, elle n'était pas mécontente que ce fût son tour. Elle souriait.

— Merci, Sarah, et merci à vous, Stevenson, merci d'avoir combattu à nos côtés.

Ils passèrent le reste de la journée à faire plus ample connaissance, chacun pouvait échanger sur des sujets divers et variés. Sarah raconta à Stevenson le moment où elle découvrit le lieu funeste et sa vive émotion lorsqu'elle lut son prénom sur la lettre de Mattew, malgré l'effroi des minutes précédentes. Elle lui exprima comment sa sombre découverte relança le besoin de le retrouver.

Son père et elle se comprenaient, il y avait des manières communes de poser les mots et de ponctuer les silences. Sans se connaître, ils avaient une philosophie et une sensibilité similaire. Alors dans cette nouvelle alchimie, la journée se passa bien, elle apporta aussi les rires, les surprises, et de nouvelles émotions, que seuls un père et une fille réunis peuvent connaître.

Antoine, discret, partageait ce tout nouveau bonheur ; le poids des jours précédents avait enfin quitté ses épaules. Il savait que ces deux personnes n'étaient plus en danger. Leur rencontre était incroyable et il percevait l'intensité des émotions de Sarah, il était enchanté et il allait contribuer à préserver cette nouvelle vie de famille…

Sarah, toute guillerette, se retira une petite demi-heure pour appeler sa mère et lui raconter le dénouement heureux de cette journée. Marie, toute chamboulée, à l'écoute du récit de Sarah, regarda la petite photographie qui lui restait de Stevenson…

Ses silences en disaient long sur son ressenti et Sarah essayait de contenir sa joie débordante afin de laisser le temps à sa mère de digérer. Les espoirs de Marie étaient enfin bel et bien récompensés, les deux êtres qu'elle aimait le plus, elle les savait enfin réunis. Marie se sentait enfin apaisée, Stevenson veillait enfin sur sa fille. Elle fut submergée par une émotion si forte que ses larmes débordèrent tel un ruisseau après une très longue pluie. Elle laissa enfin Sarah raccrocher, elle avait besoin d'aller tailler ses rosiers et de rêver, l'amour avait gagné la bataille ! Elle s'endormit heureuse, un sommeil sans cauchemar, sans insomnie, sans peine, enfin… elle se réveilla au petit matin, plus dynamique que jamais, alla prévenir Amandine. Il aura fallu cinquante ans pour écrire une si belle histoire. Sa fille était certainement le plus bel écrivain qu'elle eut le plaisir de rencontrer. Sa voisine la trouva légère et droite, rayonnante comme jamais elle n'avait pu l'apercevoir. Son amie avait en l'espace d'une nuit changé, et elle pensait elle aussi au véritable moment où enfin, sa chère amie allait retrouver son véritable amour d'enfance.

Quand les cœurs sont libres d'aimer

Le trio familial resta réuni encore quelques jours. Sarah, après trois semaines d'absence, devait reprendre le travail à l'hôpital.

Antoine, quant à lui, devait rencontrer son équipe pour faire le point de l'avancée de son travail historique, mais aussi présenter son projet concernant la salle de conférence du mémorial. Il était grand temps pour lui de retrouver son bureau et son équipe, mais il restait avant cela, une dernière chose essentielle à accomplir.

La veille de leur départ, il alla demander la main de Sarah à Stevenson. L'accord en poche, il organisa un repas surprise avec l'aide de son hôte, il put pour l'occasion, dévoiler ses talents culinaires et impressionner Stevenson et sa fille. Sarah, surprise par la demande inattendue, accepta avec beaucoup de timidité et une fois de plus, elle rougit ! Elle leur demanda en riant si son cœur allait supporter toutes ces émotions successives !

— Oui, prononça-t-elle, le sourire aux lèvres et la tête dans les étoiles !

Après la joie de ce repas et de ces fiançailles, il fallut rapidement préparer le retour. La voiture de location rendue après le dernier entretien avec la police, il fut temps de prendre un avion pour revenir à Carpiquet.

Le lendemain, trois grosses valises se promenaient sur le carrousel à bagages. Et trois personnes se tenaient patiemment en les attendant. Mais Marie n'avait pas été mise dans la confidence, seule Amandine était au courant de la venue de Stevenson ! Sarah avait pensé que sa mère méritait des retrouvailles inoubliables et il avait bien sûr était touché par la proposition de Sarah. Cependant Stevenson n'en menait pas large, son cœur faisait des sauts dans sa poitrine et sa tête imaginait tous les scénarios possibles. Comment allait-elle l'accueillir, heureuse ? Troublée ? Hésitante ? Il faisait de réels efforts pour garder son sang-froid, l'amour, il ne le connaissait pas si bien, même si son cœur avait toujours gardé gravée l'empreinte de Marie. Il était à cet instant précis, très ému et, sûrement l'anglais le plus heureux de cet aéroport normand.

— Tu verras cher père, le temps est agréable en cette saison ici, et on ne souffre pas de la chaleur estivale du Sud. Nos jardins restent verts et les fleurs à cette saison sont plus belles que jamais !

— C'est vrai que ma région est pluvieuse, alors nous vivons beaucoup à l'intérieur de nos maisons, il paraît que les livres sont bons pour la mémoire !

— Tu es encore tout jeune papa, je n'ai aucun doute sur tes capacités mnésiques. Par contre, c'est ton cœur qui va devoir s'accrocher dans quelques instants ! Ainsi que celui de maman !

— Comment va réagir Marie en me voyant ? Elle risque d'être choquée !

— Probablement, mais ne t'en fais pas, elle saura être solide et à la hauteur, cela fait cinquante ans qu'elle t'attend en secret !

Antoine regardait Sarah échanger et plaisanter avec son père, elle avait toujours sa charmante manie de dégager ses cheveux derrière ses oreilles, il la trouvait sublime. Il l'imaginait bon médecin, dévouée à sa patientèle. Il allait devoir repartir chez lui quelque temps et la verrait moins. Ils avaient énoncé l'idée de vivre bientôt ensemble, mais il pensait que cette installation en couple prendrait un peu de temps.

Ce temps serait mis à profit pour les agrandissements du Mémorial. Bientôt, la grande salle de conférence verrait le jour et il pourrait enfin faire venir des spécialistes de la 2e guerre mondiale dans des lieux plus adaptés et mieux équipés. Les curieux, les passionnés en sauraient bientôt davantage sur les récits de guerre, sur la résistance et la vie traumatisante de ces années de guerre. Bien – sûr, il mettrait à l'honneur l'intervention militaire anglaise pendant l'invasion allemande. Et il comptait bien inviter ses nouveaux amis et anciens soldats qu'il venait de rencontrer grâce à Sarah. Il était fier du travail accompli, mais rien ne l'enchantait davantage que sa rencontre avec elle. L'amour inattendu, fort et émouvant, restera à jamais leur plus belle aventure, il en était certain.

Un taxi les attendait devant l'aéroport. Sarah avait sciemment omis de préciser leur heure de retour. Elle s'était juste assurée de la présence de Marie à la maison en ce milieu d'après-midi en lui demandant d'organiser un léger goûter. Amandine, de connivence, s'empressa d'emmener Marie faire les achats, et d'organiser la mise en place d'une table recouverte d'une nappe blanche, fleurie de roses fraîchement coupées. Elles préparèrent des crêpes à la fleur d'oranger, un moelleux au chocolat et une crème anglaise....

Leur humeur était au beau fixe, Amandine et Marie étant ravies de retrouver Sarah et de connaître son compagnon Antoine. Marie n'avait donc aucune idée de l'intensité de la journée qui l'attendait. Amandine, amie fidèle de Marie, avait perdu son mari et connaissait la profondeur de l'isolement. Elle ne pouvait que souhaiter que les retrouvailles des deux amoureux se passent dans de bonnes conditions. Elle mit donc toute son énergie au service de Marie et l'encouragea à mettre une très jolie robe longue et à poser du fard sur ses joues. Marie ne comprenait pas son effervescence nouvelle, mais accepta les commandements inattendus de son amie.

Elle n'était pourtant pas encore au bout de ses surprises…

Le soleil ne badine pas avec l’amour

À quinze heures précises, le taxi les déposa tous les trois devant la grille de la jolie maison normande.

Tout le monde est au rendez-vous dans cette bonne humeur qui s’affiche ; de jeunes sportifs courent sur le bord de la route, Sarah les reconnaît, ce sont les voisins qui vivent à deux pas de chez elle. Le soleil, quant à lui, éclaire la maison sur sa face sud. Ses rayons chauffent encore les cœurs en ce milieu d’après-midi. Déjà, elle aperçoit Amandine et Marie dans le jardin. Marie, comme à son habitude, est en train de sélectionner de jolies roses. Son choix s’arrêta promptement sur une magnifique rose rouge qu’elle coupa… Instinct et instant magique, elle releva la tête… Son étonnement fut bouleversant ! Elle posa sa main sur sa bouche comme pour empêcher un son de sortir.

Au même instant, Stevenson la regardait de sa place. Comme un bon soldat prêt à se battre pour sa patrie, il se tenait droit et immobile, le regard fixé sur son destin.

— Allez père, il faut y aller maintenant !

Le temps suspendant son vol, Stevenson s’avança vers Marie, sa belle et tendre aimée, ainsi près d'elle, il lui tendit sa main délicatement et prononça amoureusement son prénom…

Épilogue

Marie est dans son jardin, dans ce mois d'avril 1998, elle est en train de tailler ses roses, mais déjà Stevenson, debout à ses côtés, en ce matin frais, prend le sécateur et exécute la manœuvre à sa place, Marie râle un peu, elle aime prendre soin de ses fleurs, mais elle aime davantage, depuis deux ans maintenant, partager sa passion avec lui. Stevenson a vendu son cottage anglais et il est venu s'installer auprès d'elle. Tant d'années les avaient séparés. Il avait très vite entamé les démarches pour venir vivre en France. Aujourd'hui est le jour de leur mariage, elle est un peu anxieuse, Marie, elle a une pensée pour son amie Amandine qui est décédée, il y a six mois d'un cancer. Mais elle est heureuse, malgré tout, elle épouse l'homme de sa vie en ce jour d'avril, et sa fille Sarah, accompagnée, est en route pour les rejoindre.

Sarah et Antoine sont en train de rouler dans leur nouvelle berline, elle a laissé enfin sa vieille voiture nerveuse au profit d'une voiture plus moderne. Ils écoutent un CD *d'Aretha Franklin,* une petite voix fredonne dans la voiture… Cela fait deux ans qu'ils se sont mariés. Ils n'ont pas attendu, les épreuves vécues en Angleterre ont donné un tournant à leur histoire. Ils ont acheté un petit manoir près de Caen, à proximité du Mémorial. Antoine est devenu maître de conférences et enseigne l'histoire à l'université de Caen. Sarah est toujours médecin au Centre Hospitalier de la même ville. L'histoire pourrait s'arrêter là, mais j'aurais oublié de vous parler de Clémentine.

Clémentine est née sous X, elle a grandi dans une pouponnière de l'Orne, avant de passer un an en famille d'accueil. Dorénavant, Clémentine porte le même nom que son père adoptif, Antoine Karter.

Clémentine a cinq ans, enfant espiègle et drôle, elle adore se rendre au Mémorial voir son papa ou encore parcourir des livres d'histoire avec celui-ci. Aujourd'hui, Clémentine est demoiselle d'honneur, elle porte une jolie robe bleu pâle, un poncho et un serre-tête rehaussé de petites roses blanches en tissu, confectionnées par sa grand-mère Marie. C'est elle qui accueille Clémentine quand ses deux parents débordés doivent aller travailler même si Sarah a diminué sa semaine de travail d'une journée pour se consacrer à sa fille. Clémentine, joyeuse fredonne, elle connaît toutes les chansons par cœur !

Quant aux derniers protagonistes, ils vont bien et vivent une retraite paisible en Angleterre. Betty va mieux, et elle est devenue la marraine de Clémentine. Accompagnée de son époux, Mr Edward, elle vient passer de douces vacances au manoir des Karter. Quand il fait beau temps, elle s'installe dans le jardin sur une chaise longue, et boit son thé auprès d'un petit rosier qui s'épanouit, ce rosier est une création de Marie et de Sarah, qui ont pollinisé un pied père et l'ont nommé comme elle, Betty. Touchée par cette jolie attention, elle s'adonne aujourd'hui au jardinage et a laissé derrière elle ses lourdes peines. Sir Edward profite de ses séjours pour préparer des conférences avec Antoine.

Et pour en revenir à Sarah, notre héroïne ici, elle a tenu sa promesse et a su réécrire l'histoire, rétablir la vérité et orienter le destin, mais comme une histoire en cache toujours une autre, ses péripéties ne s'arrêteront pas ici, et c'est peut-être une affaire à suivre…

Imprimé en Allemagne
Achevé d'imprimer en mars 2024
Dépôt légal : mars 2024

Pour

Le Lys Bleu Éditions
40, rue du Louvre
75001 Paris